U0057106

瑞蘭國際

瑞蘭國際

基礎英語必修
1200
單字速成

王忠義　著

全新
修訂版

獻給您最好學好記的
基礎單字本

　　單字是英文的根本，就算是美國人如果單字背的少，英文也不會好。所以單字的重要，不必筆者在此強調。筆者要提醒的是：①單字是根本，所以要大量的背記。②單字背記需要時間，所以要提早背、持恆的背。③單字不好背，所以要仔細地找一本好的單字書，好背、想背，背得快、記得牢。

　　筆者猶記得在學生時代常有老師叮嚀我們：每天只要背幾個單字，一年就有幾千個……。但是顯然大部分的人，包括筆者，在學生時代，除了應付考試不得不背單字外，很少有人會想去背單字，因為背單字真的很枯燥無味、令人厭。

　　為了學生的需求，坊間出現了各種版本的單字書。只可惜大都像是從字典上摘錄出來的，很單調、死板，除非老師或家長逼著讀，沒有人願意讀。筆者在學生時代也買過這類單字書，結果也是只讀了一、二頁就讀不下去，錢白花了，對單字背記的熱忱也減少了。這個問題存在於世界各地，包括台灣。每個學生都希望有一本好讀的單字書，每位老師、家長也一樣期盼著。

　　本書《基礎英語必修　1200單字速成　全新修訂版》是筆者實際從事教英語學數十年，用心體會學生學習困境，費盡心思編出來的單字書。字字看得出筆者為創新所做的努力；頁頁可以

見到筆者為解決學生學習瓶頸付出的用心，就是譯成韓文版、德文版、日文版……在國外發行，也敢說是全世界最用心編、最好學好記的單字書。

不是最棒的書筆者不會出，以語言教材享譽海內外的瑞蘭公司更不會答應出版。本書是繼最好學最好記的《KK音標‧自然發音同步速成》一書，筆者的第二本著作。感謝瑞蘭出版社社長王愿琦、副總編輯葉仲芸及全體編輯的惠予出版。尤其是社長王愿琦不介意筆者是出版界默默無名的小卒再度採用著作；編輯林珊玉不但提供許多編輯的寶貴意見，更親自打字，整理筆者潦草的手寫稿，美術編輯佳憓更發揮創意，排成一頁頁完美的版面。本書處處存有她們的用心良苦。

　　同時，筆者更要向三十餘年教學生涯，參加面授班的學生及家長表示深深的感謝，因為您們筆者才有機會在教學相長中體會、研究出最好的教學法，您們才是成就本書的最大功臣。本書雖力求完善，仍難免有不足之處，歡迎各界先進賜教。蓋吾等之所作所為皆為了留給後代子孫一個最完美的學習。聯絡電話0911-061-610、0967-079-019。

王忠義
2019年5月於台北市萬華・東園

如何使用本書

獨家有效記法

每個單元都有提供獨家有效記法，讓學習
更有效率。

微笑認唸圖案

每個單字左方都有微笑圖案😊，會唸的打
✓。學習者可以提醒自己哪些字不會唸，
需要請教老師。家長或教師也可以知道學
生哪個字不會唸，多加指導。

認字牛刀小試

看英文，唸出來並講出中文的意思，會的打ˇ。學習者或學生會唸單字後，先練習認字，也就是看英文，講出中文意思，可以激發學習的潛能。

背字牛刀小試

看中文唸出英文，進而拼出英文，或默寫出英文。透過「背字牛刀小試」，學習者可以測驗自己單字是否已熟記，家長或教師也可以掌握學生的學習進度與成效。

MP3序號

搭配美籍老師錄製的情境式教學MP3,聽
光碟如聽老師親自面授般親切、有效率!

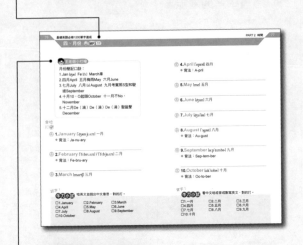

王老師小叮嚀

作者提供很多單字記憶的訣竅,千萬別錯
過!

王老師英語教室

淺顯易懂的文法解說，學習者或學生可將學會的單字，自然而然應用出來！

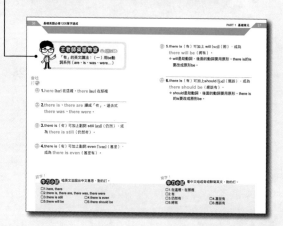

目錄

PART 2　時間

PART 3　身體・家人

PART 4　學校・考試

PART 5　運動・休閒

PART 6　飲食

PART 7　人・自然

PART 8　生活

PART 9　形容詞

附錄

基礎單字要提早下功夫，
本書是您最好的選擇

王忠義

　　讀中文，國字最重要，百分之百的人都知道；讀英文，單字最重要，百分之百的人也知道。單字是語文的底，是最要緊的根本。單字讀得多才看得懂、寫得出、聽得清、說得明，就算是美國人，家長也都提早加強子女對單字的認識。單字知道得越多，英文的基礎越是扎實，越讀越順、越廣越深。單字讀得少，英文不可能讀得好，所以不論是美國人、德國人、日本人……，想讀好英文都是先從單字下功夫。

　　在台灣，家長也體認到要讀好英文就需大量背唸單字，從坊間上百種版本的單字出版品，有基測用的、有學測用的、有英檢用的、有公職用的……，就可看出大家都重視單字。

　　單字數萬個永遠讀不完，所以初期讀單字不在數量多，而是能誘導學生好讀、想讀、不

討厭讀，越讀越順、越讀越多。若是沒有先培養出學生想讀單字的念頭，您就是買一本4000字、5000字的單字書，也沒有用，不但錢白花而且可能叫孩子從此害怕單字。

所以您需要的是挑一本好學又好記的單字書，而不是坊間那種從字典摘錄下來，死板板的單字書。本書是筆者長年在教學過程中，用心仔細體會學生的學習狀況，一個字一個字研究改進，編著出來的基礎單字書。字字是用心、頁頁有創意，老師好教、學生好學，就連筆者親授的小一生都樂意讀單字，家長既驚喜又覺意外。

本書特色：

①本書堪稱是國內外分類最仔細、記法最多的基礎單字書。

②首創「認字牛刀小試」，也就是看英文，唸出來並講出中文的意思，會的打ˇ。筆者在教學中發現，若學生會唸單字後，先讓他們練習看英文，猜一猜、講出中文的意思，心

裡沒有壓力，而且能刺激反應，學生都樂意
嘗試。若一開始就要學生拼背英文，除了優
秀用功的學生外，大部分的學生都不會喜
歡，甚至討厭，反而得到反效果。

※筆者建議，小四以下的小朋友，以訓練會唸英文
　字並講出中文意思為宜。本書之「認字牛刀小
　試」正好派上用場，是坊間單字書所無。

③練習完「認字牛刀小試」，則可利用另一個
　「背字牛刀小試」，也就是看中文唸出英
　文，進而拼出英文，或默寫出英文。筆者在
　教學過程中發現，很多學生在練完「認字
　牛刀小試」後，都會自動找「背字牛刀小
　試」，在小方格上打ˇ，背記起來，明顯看
　出他們想挑戰自己唸背單字的能力，其自動
　自發的動作、認真的神情令筆者感動。

※英文教師若採用本教材，則可針對每個學生的
　唸、認、背、默寫能力指定其進度，易於掌控教
　學進度。

④本書附有MP3光碟，錄音方式也和一般不同，本書的錄音是美籍教師唸完後有人跟著唸，這也是筆者仔細觀察學生的學習態度而改變的錄音法。一般的錄音方式只是老師唸，學生都只是聽不會跟著唸。本書的錄音，外籍教師唸完，有人跟唸，聽MP3光碟的學生才會跟著唸。小小不同的錄音安排，效果加乘，這是筆者實務教學，用心想出來的作法。

謹此叮嚀家長們，孩子初學唸背單字，最重要的是要好學好記。所以選購單字本首重教學法，而不是單字的數量。本書是學習基礎單字，最創新最有效，老師最好教、學生最好學的單字書，只要閱讀此書，會有意想不到的收穫。在此也預祝所有讀者學習愉快、成功，教師、家長指導順利。

PART 1
基礎單元

一、疑問詞 😃 MP3 01

會唸
打 ✅

😃 **1.what** [hwɑt] / [wɑt] 什麼
◆ 記法：老王，什麼花特別美啊？
　　　什麼what（花特）

😃 **2.which** [hwɪtʃ] / [wɪtʃ] 哪一個
◆ 記法：老王，哪一個「ㄏㄨㄧ去」啊？
　　　哪一個which（ㄏㄨㄧ去）

😃 **3.who** [hu] 誰
◆ 記法：老王，誰在打呼啊？
　　　誰who（呼）

😃 **4.when** [hwɛn] / [wɛn] 何時
◆ 記法：老王，何時餵「ㄣ」（狗名）啊？
　　　何時when（餵ㄣ）

😃 **5.where** [hwɛr] / [wɛr] 何地、哪裡
◆ 記法：老王，何地餵兒啊？
　　　何地where（餵兒）

認字！
牛刀小試　唸英文並說出中文意思，對的打ˇ

☐1.what	☐2.which	☐3.who
☐4.when	☐5.where	☐6.why
☐7.how		

☺ **6.why** [hwaɪ] / [waɪ] 為何
　◆記法：老王，你的頭為何歪來歪去啊？
　　　　　為何why（歪）

☺ **7.how** [haʊ] 如何
　◆記法：老王，這該如何是好啊？
　　　　　如何how（好）

背字！

牛刀小試　看中文唸或背或默寫英文，對的打✓

☐1.什麼　　　☐2.哪一個　　　☐3.誰
☐4.何時　　　☐5.何地、哪裡　☐6.為何
☐7.如何

二、疑問詞片語 MP3 02

會唸
打✅

😊 **1.what date** [det] 幾月幾日
◆ date日期、約會
◆ 記法：what date（什麼日期）= 幾月幾日

😊 **2.what day** [de] 星期幾
◆ day天
◆ 記法：what day（什麼天）= 星期幾

😊 **3.what time** [taɪm] 幾點幾分
◆ time時間、次
◆ 記法：what time（什麼時間）= 幾點幾分

😊 **4.what about** [əˋbaʊt] 那……呢？
◆ about關於

😊 **5.how old** [old] 幾歲
◆ old老的、舊的
◆ 記法：how old（如何老的）= 幾歲

認字！
牛刀小試   唸英文並說出中文意思，對的打✓

☐1.what date ☐2.what day ☐3.what time
☐4.what about ☐5.how old ☐6.how tall
☐7.how long ☐8.how far ☐9.how often
☐10.how soon

6.how tall [tɔl] 多高
- ◆ tall高的
- ◆ 記法：how tall（如何高的）= 多高

7.how long [lɔŋ] 多長、多久
- ◆ long長的
- ◆ 記法：how long（如何長的）= 多長、多久

8.how far [fɑr] 多遠
- ◆ far遠的
- ◆ 記法：how far（如何遠的）= 多遠

9.how often [ˋɔfən] 多常、多久一次
- ◆ often時常
- ◆ 記法：how often（如何時常）= 多常、多久一次

10.how soon [sun] 多快（指時間）
- ◆ soon快的（快地）
- ◆ 記法：how soon（如何快地）= 多快

背字！

牛刀小試 看中文唸或背或默寫英文，對的打ˇ

□1.幾月幾日	□2.星期幾	□3.幾點幾分
□4.那……呢？	□5.幾歲	□6.多高
□7.多長、多久	□8.多遠	□9.多常、多久一次
□10.多快（指時間）		

會唸
打☺

😊 **11. how fast** [fæst] 多快（指速度）
◆ fast快的（快地）
◆ 記法：how fast（如何快地）= 多快

😊 **12. how much** [mʌtʃ] 多少的、多少錢
◆ much許多的
◆ 記法：how much（如何多的）= 多少的、多少錢

😊 **13. how many** [ˈmɛnɪ] 多少的
◆ many許多的
◆ 記法：how many（如何多的）= 多少的

😊 **14. how about** [əˈbaʊt] 那……如何？那……呢？
◆ about關於

😊 **15. how come** [kʌm] 為何？怎麼會？
◆ come來

認字！
牛刀小試 唸英文並說出中文意思，對的打 ˇ

☐ 11. how fast ☐ 12. how much
☐ 13. how many ☐ 14. how about
☐ 15. how come

背字！

牛刀小試 看中文唸或背或默寫英文，對的打ˇ

□11. 多快（指速度）　　□12. 多少的、多少錢
□13. 多少的　　　　　　□14. 那……如何？那……呢？
□15. 為何？怎麼會？

三、主格・所有格・受格 😄 MP3 03

會唸
打 ✓

		主格	所有格（……的）
😊	1	I [aɪ] 我	my [maɪ] 我的
😊	2	you [ju] 你	your [jʊr] 你的
😊	3	he [hi] 他	his [hɪz] 他的
😊	4	she [ʃi] 她	her [hɝ] 她的
😊	5	it [ɪt] 它、牠	its [ɪts] 它的、牠的
😊	6	we [wi] 我們	our [aʊr] 我們的
😊	7	you [ju] 你們	your [jʊr] 你們的
😊	8	they [ðe] 他們、它們、牠們	their [ðɛr] 他們的、它們的、牠們的
😊	9	who [hu] 誰	whose [huz] 誰的
😊	10	John [dʒɑn] 約翰	John's [dʒɑnz] 約翰的

👨‍🏫 王老師小叮嚀

1. let [lɛt] 讓
「讓我們」要說let us（= let's），不能說let we。因為let是「及物」動詞，要接受詞，受詞若有受格要用受格，所以「我們」要用受格us，不能用主格we。

認字！

牛刀小試　唸英文並說出中文意思，對的打 ✓

☐1.I, my, me　　　☐2.you, your, you　☐3.he, his, him
☐4.she, her, her　　　　　☐5.it, its, it
☐6.we, our, us　　　　　　☐7.you, your, you
☐8.they, their, them　　　　☐9.who, whose, whom
☐10.John, John's, John

受格	幫助記憶的唸法
me [mi] 我	先唸I－my 再唸I－me
you [ju] 你	先唸you－your 再唸you－you
him [hɪm] 他	先唸he－his 再唸he－him
her [hɜ] 她	先唸she－her 再唸she－her
it [ɪt] 它、牠	先唸it－its 再唸it－it
us [ʌs] 我們	先唸we－our 再唸we－us
you [ju] 你們	先唸you－your 再唸you－you
them [ðɛm] 他們、它們、牠們	先唸they－their 再唸they－them
whom [hum] 誰	先唸who－whose 再唸who－whom
John [dʒɑn] 約翰	先唸John－John's 再唸John－John

2. love [lʌv] 愛

　「我愛他。」要說「I love him.」，不能說「I love he.」。因為love是「及物」動詞，要接受詞，受詞若有受格要用受格，所以「他」要用受格him，不能用主格he。

3. its = 它的、牠的　it's = it is = 它是、牠是，請小心辨認。

背字！

牛刀小試 看中文唸或背或默寫英文，對的打✓

□1.我、我的、我　□2.你、你的、你　□3.他、他的、他
□4.她、她的、她　　　　　　　□5.它、它的、它
□6.我們、我們的、我們　　　　□7.你們、你們的、你們
□8.他們、他們的、他們
□9.誰、誰的、誰
□10.約翰、約翰的、約翰

四、be動詞 😊 MP3 04

> 👓 王老師小叮嚀
>
> am、are、is、was、were原形動詞都是be [bi]，
> be是am、are、is、was、were的原始祖先。

會唸
打 ✅

😊 **1.I am** [æm] 我是

😊 **2.I was** [wɑz] 我是（過去式）

😊 **3.you are** [ɑr] 你是

😊 **4.you were** [wɜ] 你是（過去式）

😊 **5.he is** [ɪz] 他是

😊 **6.he was** [wɑz] 他是（過去式）

😊 **7.able** ['ebl] 有能力的

認字！
牛刀小試 唸英文並說出中文意思，對的打 ✓

☐1.I am	☐2.I was	☐3.you are
☐4.you were	☐5.he is	☐6.he was
☐7.able	☐8.I am able to	☐9.go
☐10.I am going to	☐11.not	☐12.I am not

8. I am able to 我能
- you are able to 你能
- he is able to 他能

9. go [go] 去
- going [ˈgoɪŋ] 是go的現在分詞也是動名詞

10. I am going to 我將
- you are going to 你將
- he is going to 他將

11. not [nɑt] 不

12. I am not 我不是
- 縮寫：I'm not

背字！

牛刀小試 看中文唸或背或默寫英文，對的打 ✓

☐ 1. 我是　　　　　　　☐ 2. 我是（過去式）　☐ 3. 你是
☐ 4. 你是（過去式）　☐ 5. 他是　　　　　　☐ 6. 他是（過去式）
☐ 7. 有能力的　　　　　☐ 8. 我能　　　　　　☐ 9. 去
☐ 10. 我將　　　　　　 ☐ 11. 不　　　　　　 ☐ 12. 我不是

會唸
打✅

😊 **13.you are not** 你不是
◆ 縮寫：you're not或you aren't ['arənt]

😊 **14.he is not** 他不是
◆ 縮寫：he's not或he isn't ['ıznt]

😊 **15.I was not** 我不是（過去式）
◆ 縮寫：I wasn't ['wazņt]

😊 **16.you were not** 你不是（過去式）
◆ 縮寫：you weren't ['wɜnt]

😊 **17.he was not** 他不是（過去式）
◆ 縮寫：he wasn't ['wazņt]

認字！
牛刀小試 唸英文並說出中文意思，對的打 ✓

□13.you are not　　　　　□14.he is not
□15.I was not　　　　　　□16.you were not
□17.he was not

王老師小叮嚀

1. I（我）（講話者）叫做第一人稱，be動詞現在式用am，我是I am。
2. you（你）（聽話者）叫第二人稱，be動詞現在式用are，你是you are。
3. 其他我和你談的人物事，都叫做第三人稱，第三人稱又分為三單（第三人稱單數）和三複（第三人稱複數）。
4. 三單be動詞現在式用is，例如：他是he is；三複be動詞現在式用are，例如：我們是we are。

背字！

牛刀小試 看中文唸或背或默寫英文，對的打✓

☐ 13. 你不是   ☐ 14. 他不是
☐ 15. 我不是（過去式）   ☐ 16. 你不是（過去式）
☐ 17. 他不是（過去式）

王老師英語教室 MP3 05

「有」的英文講法：（一）用be動詞系列（are、is、was、were…）

會唸
打✓

😄 **1.** here [hɪr] 在這裡、there [ðɛr] 在那裡

😄 **2.** there is、there are 譯成「有」。過去式 there was、there were。

😄 **3.** there is（有）可加上副詞 still [stɪl]（仍然），成為 there is still（仍然有）。

😄 **4.** there is（有）可加上副詞 even [ˈivən]（甚至），成為 there is even（甚至有）。

認字！

牛刀小試 唸英文並說出中文意思，對的打✓

☐1.here, there
☐2.there is, there are, there was, there were
☐3.there is still　　　　　　☐4.there is even
☐5.there will be　　　　　　☐6.there should be

😊 5.there is（有）可加上 **will** [wɪl]（將），成為
there will be（將有）。
◆ will是助動詞，後面的動詞要用原形。there is的is
要改成原形be。

😊 6.there is（有）可加上**should** [ʃud]（應該），成為
there should be（應該有）。
◆ should是助動詞，後面的動詞要用原形。there is
的is要改成原形be。

背字！

牛刀小試 看中文唸或背或默寫英文，對的打 ✓

□1.在這裡，在那裡
□2.有
□3.仍然有　　　　　　　□4.甚至有
□5.將有　　　　　　　　□6.應該有

王老師英語教室

「有」的英文講法：（二）用動詞
have系列（have、has、had…）

會唸
打

1. 現在式**I have**我有；**you have**你有；**he has**
他有。

2. 現在式**I don't have**我沒有；**you don't have**
你沒有；**he doesn't have**他沒有。

3. 過去式**I had**我有；**you had**你有；**he had**他
有。

4. 過去式**I didn't have**我沒有；**you didn't**
have你沒有；**he didn't have**他沒有。

認字！

牛刀小試 唸英文並說出中文意思，對的打ˇ

☐ 1. I have, you have, he has
☐ 2. I don't have, you don't have, he doesn't have
☐ 3. I had, you had, he had
☐ 4. I didn't have, you didn't have, he didn't have

😊👓 王老師小叮嚀

句子中若有助動詞do [du]、does [dʌz]、did [dɪd]，
或是don't [dont]、doesn't [ˈdʌznt]、didn't [ˈdɪdnt]，
或其他助動詞的時候，動詞has、had都要改回
原形have。

背字！

牛刀小試　看中文唸或背或默寫英文，對的打 ✓

☐1.（現在式）我有、你有、他有
☐2.（現在式）我沒有、你沒有、他沒有
☐3.（過去式）我有、你有、他有
☐4.（過去式）我沒有、你沒有、他沒有

五、所有格代名詞‧複合人稱代名詞

🎧 MP3 07

會唸 打✓		所有格（……的）	
😊	1	my 我的	
😊	2	your 你的	（加s）
😊	3	his 他的	（已有s不必加）
😊	4	her 她的	（加s）
😊	5	its 它的、牠的	（已有s不必加）
😊	6	our 我們的	（加s）
😊	7	your 你們的	（加s）
😊	8	their 他們的、它們的、牠們的	（加s）

王老師小叮嚀

1. 假如有人指著一本書book [bʊk]，問：這是誰
的書？
你可以回答：It's my book.它是我的書。
也可以回答It's mine.它是我的（東東）＝ 它
是我的書。用mine（我的東東）就不必說my
book我的書。

牛刀小試

認字！唸英文並說出中文意思，對的打✓

☐1.my, mine
☐3.his, his
☐5.its, its
☐7.your, yours

☐2.your, yours
☐4.her, hers
☐6.our, ours
☐8.their, theirs

所有格代名詞（……的東東）

mine [maɪn] 我的（東東）

yours [jʊrz] 你的（東東）

his [hɪz] 他的（東東）

hers [hɝz] 她的（東東）

its [ɪts] 它的、牠的（東東）

ours [aʊrz] 我們的（東東）

yours [jʊrz] 你們的（東東）

theirs [ðɛrz] 他們的、它們的、牠們的（東東）

2. mine、yours...，文法上稱做「所有格代名詞」。

3. own[on]（自己的），my own我自己的、your own你自己的、his own他自己的……，在文法上則稱做「複合人稱代名詞」。

背字！

牛刀小試 看中文唸或背或默寫英文，對的打 ✓

□ 1.我的、我的（東東）　　　□ 2.你的、你的（東東）

□ 3.他的、他的（東東）　　　□ 4.她的、她的（東東）

□ 5.它的、它的（東東）　　　□ 6.我們的、我們的（東東）

□ 7.你們的、你們的（東東）　□ 8.他們的、他們的（東東）

六、反身代名詞 😀 MP3 08

會唸
打 ✓

		所有格（……的）
😊	1	my我的　　　　　　　　（加self [sɛlf]）
😊	2	your你的　　　　　　　　　　（加self）
😊	3	his他的　　　　　　（受格him加self）
😊	4	her她的　　　　　　　　　　（加self）
😊	5	its它的、牠的　　（its已有s尾只加elf）
😊	6	our我們的　　　　　　（加selves [sɛlvz]）
😊	7	your你們的　　　　　　　　（加selves）
😊	8	their他們的、它們的、牠們的 　　　　　　　　（受格them加selves）

認字！
牛刀小試　唸英文並說出中文意思，對的打 ✓

□1.my, myself	□2.your, yourself
□3.his, himself	□4.her, herself
□5.its, itself	□6.our, ourselves
□7.your, yourselves	□8.their, themselves

反身代名詞

myself我自己

yourself你自己

himself他自己

herself她自己

itself它自己、牠自己

ourselves我們自己

yourselves你們自己

themselves他們自己、它們自己、 牠們自己

背字！

牛刀小試 看中文唸或背或默寫英文，對的打ˇ

☐1.我的、我自己 ☐2.你的、你自己
☐3.他的、他自己 ☐4.她的、她自己
☐5.它的、它自己 ☐6.我們的、我們自己
☐7.你們的、你們自己 ☐8.他們的、他們自己

會唸
打 ✓

☺ **9.enjoy** [ɪnˈdʒɔɪ] **yourself** 祝你玩得愉快

◆ enjoy喜愛、享受
◆ 記法：enjoy yourself（享受你自己）= 祝你玩得愉快

☺ **10.help** [hɛlp] **yourself** 請自己取用、請慢用

◆ help幫助
◆ 記法：help yourself（幫助你自己）=（請）自己取用、（請）慢用

☺ **11.make** [mek] **yourself at home**
　　你不用拘束、請自便

◆ make製作、使
◆ 記法：make yourself at home（使你自己在家）= 你不用拘束、請自便

☺ **12.do** [du] **it yourself**
　　你親自動手做（常縮寫成DIY）

◆ do做
◆ 記法：do it yourself（做它你自己）= 你親自動手做

認字！

牛刀小試　唸英文並說出中文意思，對的打 ✓

☐ 9.enjoy yourself　　　　☐ 10.help yourself
☐ 11.make yourself at home
☐ 12.do it yourself
☐ 13.by myself　　　　　　☐ 14.by yourself

13.by [baɪ] **myself** 靠我自己、（我）獨自
  ◆ 同義詞：on my own
  ◆ by靠

14.by yourself 靠你自己、（你）獨自
  ◆ 同義詞：on your own

背字！

牛刀小試 看中文唸或背或默寫英文，對的打ˇ

  □9.祝你玩得愉快　　　　　　□10.請自己取用、請慢用
  □11.你不用拘束、請自便
  □12.你親自動手做（常縮寫成DIY）
  □13.靠我自己、（我）獨自　□14.靠你自己、（你）獨自

七、不定冠詞a・定冠詞the 😄 MP3 09

會唸
打 ✅

	計量詞	物質名詞
😄 1.	cup [kʌp] 杯	tea [ti] 茶
😄 2.	glass [glæs] 玻璃杯	juice [dʒus] 果汁
😄 3.	drop [drɑp] 滴	water [ˈwɔtə] 水
😄 4.	bottle [ˈbɑtḷ] 瓶	wine [waɪn] 酒
😄 5.	bowl [bol] 碗	rice [raɪs] 米、飯
😄 6.	can [kæn] 罐	coffee [ˈkɔfɪ] 咖啡
😄 7.	box [bɑks] 盒	cookies [ˈkʊkɪz] 餅乾
😄 8.	pound [paʊnd] 磅	sugar [ˈʃʊgə] 糖
😄 9.	sheet [ʃit] 張	paper [ˈpepə] 紙
😄 10.	piece [pis] 片、塊	meat [mit] 肉
😄 11.	pair [pɛr] 雙	shoes [ʃuz] 鞋

王老師小叮嚀

1. 介詞of [əv]「……的」、「屬於……的」。
2. 不定冠詞a [ə]、an [ən]「一」、「一個……」，
   當後面接的字第一個音若是母音時，a要改用
   an。

認字！

牛刀小試　唸英文並說出中文意思，對的打 ✓

☐ 1. a cup of tea　　☐ 2. a glass of juice　☐ 3. a drop of water
☐ 4. a bottle of wine　☐ 5. a bowl of rice　☐ 6. a can of coffee
☐ 7. a box of cookies　　　　☐ 8. a pound of sugar
☐ 9. a sheet of paper　　　　☐ 10. a piece of meat
☐ 11. a pair of shoes

片語

a cup of tea一杯茶

a glass of juice一杯果汁

a drop of water一滴水

a bottle of wine一瓶酒

a bowl of rice一碗飯

a can of coffee一罐咖啡

a box of cookies一盒餅乾

a pound of sugar一磅糖

a sheet of paper一張紙

a piece of meat一塊肉

a pair of shoes一雙鞋

王老師小叮嚀

1. 定冠詞the [ðə] / [ði]「這、那」，後面接的名詞，單數、複數都可以。
2. this [ðɪs] 這、that [ðæt] 那，後面的名詞，只能是單數。
3. these [ðiz] 這些、those [ðoz] 那些，後面的名詞，只能是複數。

背字！

牛刀小試　看中文唸或背或默寫英文，對的打✓

☐1.一杯茶　　　☐2.一杯果汁　　☐3.一滴水
☐4.一瓶酒　　　☐5.一碗飯　　　☐6.一罐咖啡
☐7.一盒餅乾　　　　　　☐8.一磅糖
☐9.一張紙　　　　　　　☐10.一塊肉
☐11.一雙鞋

八、不定代名詞 😀 MP3 10

會唸
打✅

😊 **1.one** [wʌn] 1、人

😊 **2.body** [ˋbɑdɪ] 人、身體

😊 **3.any** [ˋɛnɪ] 任何

😊 **4.anyone = anybody** 任何人

😊 **5.some** [sʌm] 一些、某些

😊 **6.someone = somebody** 某人

😊 **7.every** [ˋɛvrɪ] 每一

認字！

牛刀小試　唸英文並說出中文意思，對的打✓

☐1.one　　　　☐2.body　　　　☐3.any
☐4.anyone = anybody　　☐5.some
☐6.someone = somebody　　☐7.every
☐8.everyone = everybody　　☐9.no = not any
☐10.no one = nobody　　☐11.thing
☐12.anything　　　　☐13.something
☐14.everything

😊 **8.everyone = everybody** 每一人

😊 **9.no** [no] **= not** [nɑt] **any** 沒一

😊 **10.no one = nobody** 沒一人

😊 **11.thing** [θɪŋ] 事（物）

😊 **12.anything** [ˈɛnɪˌθɪŋ] 任何事、任何物

😊 **13.something** [ˈsʌmθɪŋ] 某事、某物

😊 **14.everything** [ˈɛvrɪˌθɪŋ] 每一事（物）、
　　　一切事（物）

背字！

牛刀小試 看中文唸或背或默寫英文，對的打ˇ

　□1.1、人　　　　　□2.人、身體　　□3.任何
　□4.任何人　　　　　　　　□5.一些、某些
　□6.某人　　　　　　　　　□7.每一
　□8.每一人　　　　　　　　□9.沒一
　□10.沒一人　　　　　　　　□11.事（物）
　□12.任何事、任何物　　　　□13.某事、某物
　□14.每一事（物）、一切事（物）

會唸
打✅

😊 **15. nothing** [ˈnʌθɪŋ] 沒一事、沒一物

😊 **16. where** [hwɛr] / [wɛr] 何地、地方、處所

😊 **17. anywhere** 任何地方

😊 **18. somewhere** 某處

😊 **19. everywhere** 每一處、到處

😊 **20. nowhere** 沒一處、無處

認字！

牛刀小試 唸英文並說出中文意思，對的打✓

☐ 15. nothing　　　　　☐ 16. where
☐ 17. anywhere　　　　☐ 18. somewhere
☐ 19. everywhere　　　☐ 20. nowhere
☐ 21. all　　　　　　　☐ 22. most
☐ 23. each　　　　　　☐ 24. another
☐ 25. other

😊 **21.all** [ɔl] 全部、全部的

😊 **22.most** [most] 大部分、大部分的
◆ most當副詞時，要譯成「最」

😊 **23.each** [itʃ] 各個、每一個

😊 **24.another** [əˋnʌðə] 另外、另外的

😊 **25.other** [ˋʌðə] 其他、其他的
◆ 記法：another – an = other

背字！

牛刀小試 看中文唸或背或默寫英文，對的打ˇ

□15.沒一事、沒一物	□16.何地、地方、處所
□17.任何地方	□18.某處
□19.每一處、到處	□20.沒一處、無處
□21.全部、全部的	□22.大部分、大部分的
□23.各個、每一個	□24.另外、另外的
□25.其他、其他的	

九、數量用詞 😊 MP3 11

會唸
打 ✅

😊 **1. a lot** [lɑt] **of = lots of** 很多的
◆ a lot of可接可數名詞複數或不可數名詞

😊 **2. many** [ˈmɛnɪ] 很多的
◆ many只可接可數名詞複數

😊 **3. much** [mʌtʃ] 很多的
◆ much只可接不可數名詞

😊 **4. dozen** [ˈdʌzn̩] 打
◆ 一打蛋的「打」

😊 **5. dozens of** 很多的
◆ dozens of只可接可數名詞複數

😊 **6. some** [sʌm] 一些
◆ some可接可數名詞複數或不可數名詞

認字！
牛刀小試 唸英文並說出中文意思，對的打 ✓

☐ 1. a lot of = lots of　　　☐ 2. many
☐ 3. much　　　☐ 4. dozen　　　☐ 5. dozens of
☐ 6. some　　　☐ 7. a few　　　☐ 8. a little
☐ 9. few　　　☐ 10. little

😊 **7.a few** [fju] 一些
◆ a few只可接可數名詞複數

😊 **8.a little** ['lɪtl] 一些
◆ a little只可接不可數名詞

😊 **9.few** [fju] 很少的
◆ few只可接可數名詞複數,和a few一樣

😊 **10.little** ['lɪtl] 很少的
◆ little只可接不可數名詞,和a little一樣

背字!

牛刀小試 看中文唸或背或默寫英文,對的打 ✓

□1.很多的	□2.很多的
□3.很多的	□4.打　　　　　□5.很多的
□6.一些	□7.一些　　　　□8.一些
□9.很少的	□10.很少的

王老師小叮嚀

1. a lot of（很多的），去掉of = a lot有「很、非常」的意思。
   例如：work [wɜk] a lot（工作非常）= 做很多工作。

2. very [ˈvɛrɪ] 非常地much [mʌtʃ] 多地，very much也有「非常」的意思。
   例如：Thank [θæŋk] you very much.非常謝謝你。

王老師小叮嚀

1. a book [bʊk] 或one book一本書，two books二本書，書可以一本、二本……的數，所以書叫做「可數名詞」。

   可數名詞可以有複數，複數大都有s尾，例如：two books二本書，book要加s。

2. money [ˈmʌnɪ] 金錢，只是一種稱呼，不可以數一個金錢，二個金錢，所以money稱為「不可數名詞」。既然是不可數名詞，就沒有所謂「複數」，當然就沒有s尾。

3. 弄清楚可數名詞和不可數名詞之後，要注意它們要用什麼樣的數量用詞來搭配。

   例如：很多書用a lot of books、lots of books、many books；很多錢則用a lot of money、lots of money、much money……。

十、數字・序數 😃MP3 12

王老師小叮嚀

1,2,3...叫做「數字」；第一、第二……，叫做「序數」。

會唸
打✅

😃 **1.number** [ˈnʌmbɚ] 數字、號碼

😃 **2.zero** [ˈzɪro] **或oh** [o] 零（0）

😃 **3.one** [wʌn] 一

😃 **4.two** [tu] 二

😃 **5.three** [θri] 三

😃 **6.four** [for] 四

😃 **7.five** [faɪv] 五

認字！

牛刀小試 唸英文並說出中文意思，對的打˅

☐1.number	☐2.zero, oh	☐3.one
☐4.two	☐5.three	☐6.four
☐7.five	☐8.six	☐9.seven
☐10.eight	☐11.nine	☐12.ten
☐13.eleven	☐14.twelve	☐15.thirteen

😊 **8.six** [sɪks] 六

😊 **9.seven** [ˈsɛvən] 七

😊 **10.eight** [et] 八

😊 **11.nine** [naɪn] 九

😊 **12.ten** [tɛn] 十

😊 **13.eleven** [ɪˈlɛvən] 十一

😊 **14.twelve** [twɛlv] 十二

😊 **15.thirteen** [θɜˈtin] 十三
◆ 錯誤說法：threeteen 請小心

背字！

牛刀小試 看中文唸或背或默寫英文，對的打 ✓

□1.數字、號碼	□2.零（0）	□3.一
□4.二	□5.三	□6.四
□7.五	□8.六	□9.七
□10.八	□11.九	□12.十
□13.十一	□14.十二	□15.十三

會唸
打✅

16.fourteen [for'tin] 十四

17.fifteen [fɪf'tin] 十五
◆ 錯誤說法：fiveteen 請小心

18.sixteen [sɪks'tin] 十六

19.seventeen [sɛvən'tin] 十七

20.eighteen [e'tin] 十八

21.nineteen [naɪn'tin] 十九

22.twenty ['twɛntɪ] 二十（和12一樣字首是twe-）

23.thirty ['θɜtɪ] 三十

認字！
牛刀小試　唸英文並說出中文意思，對的打✓

□16.fourteen	□17.fifteen	□18.sixteen
□19.seventeen	□20.eighteen	□21.nineteen
□22.twenty	□23.thirty	□24.forty
□25.fifty	□26.sixty	□27.seventy
□28.eighty	□29.ninety	□30.hundred

😊 **24.forty** [ˈfɔrtɪ] 四十
  ◆ 錯誤說法：fourty 請小心

😊 **25.fifty** [ˈfɪftɪ] 五十

😊 **26.sixty** [ˈsɪkstɪ] 六十

😊 **27.seventy** [ˈsɛvəntɪ] 七十

😊 **28.eighty** [ˈetɪ] 八十

😊 **29.ninety** [ˈnaɪntɪ] 九十

😊 **30.hundred** [ˈhʌndrəd] 百
  ◆ hundreds of 數百的

背字！
牛刀小試 看中文唸或背或默寫英文，對的打ˇ

□16.十四	□17.十五	□18.十六
□19.十七	□20.十八	□21.十九
□22.二十	□23.三十	□24.四十
□25.五十	□26.六十	□27.七十
□28.八十	□28.九十	□30.百

會唸
打✅

31. thousand [ˈθauzənd] 千
◆ thousands of 數千的

32. million [ˈmɪljən] 百萬
◆ millions of 數百萬的

33. first [fɜst] 第一
◆ first 當副詞時，意思是「首先」

34. second [ˈsɛkənd] 第二
◆ second 當名詞時，意思是「秒」

35. third [θɜd] 第三

36. fourth [forθ] 第四（字尾th）
◆ fifth [fɪfθ] 第五
◆ sixth [sɪksθ] 第六

認字！
牛刀小試　唸英文並說出中文意思，對的打✓

□31. thousand	□32. million	□33. first
□34. second	□35. third	□36. fourth
□37. twelfth	□38. twentieth	
□39. one third	□40. two thirds	

😊 **37.twelfth** [twɛlfθ] 第十二
◆ 記法：（12）twelve – ve + f + th = twelfth

😊 **38.twentieth** [ˈtwɛntɪɪθ] 第二十
◆ 記法：（20）twenty – y + ie + th = twentieth

😊 **39.one third** 1/3（三分之一）
◆ 分子用數字1
◆ 分母要用序數，third（第3）

😊 **40.two thirds** 2/3（三分之二）
◆ 分子2以上時，分母要加s，所以2/3的3，要變成 thirds

背字！

牛刀小試 看中文唸或背或默寫英文，對的打ˇ

□31.千	□32.百萬	□33.第一
□34.第二	□35.第三	□36.第四
□37.第十二	□38.第二十	
□39.1/3（三分之一）	□40.2/3（三分之二）	

十一、單位 😊 MP3 13

會唸
打✔

😊 **1.age** [edʒ] 年齡

😊 **2.one year old** 一歲
- ◆ year [jɪr] 年
- ◆ 記法：one year old（一年老的） = 一歲

😊 **3.two years old** 二歲
- ◆ 記法：two years old（二年老的） = 二歲
- ◆ a two-year-old baby [ˈbebɪ] 一位二歲大的嬰兒

😊 **4.gram** [græm] 公克

😊 **5.kilogram** [ˈkɪləˌgræm] 一公斤
- ◆ 相關字：kilo [ˈkɪlo] 千
- ◆ 記法：kilogram [ˈkɪləˌgræm]（一千公克） = 一公斤

😊 **6.meter** [ˈmitə] 公尺、米（m）

認字！
牛刀小試　唸英文並說出中文意思，對的打 ✓

☐1.age	☐2.one year old	☐3.two years old
☐4.gram	☐5.kilogram	☐6.meter
☐7.centimeter	☐8.inch	☐9.foot
☐10.yard	☐11.mile	☐12.pound

7.centimeter [ˈsɛntəˌmitə] 公分（**cm**）
- 相關字：centi [ˈsɛntə] 1/100
- 記法：centimeter（1/100公尺）= 公分（**cm**）

8.inch [ɪntʃ] 英吋

9.foot [fʊt] 英呎
- 複數：feet [fit]
- foot另有「腳」的意思

10.yard [jɑrd] 英碼
- yard另有「庭院」的意思

11.mile [maɪl] 英哩
- miles of 數英哩的
- field [fild] 田野
- miles of fields 數英哩的田野

12.pound [paʊnd] 磅

背字！

牛刀小試 看中文唸或背或默寫英文，對的打 ✓

□1.年齡	□2.一歲	□3.二歲
□4.公克	□5.一公斤	□6.公尺、米（m）
□7.公分（cm）	□8.英吋	□9.英呎
□10.英碼	□11.英哩	□12.磅

NOTE

PART 2
時　間

一、時鐘時間・一天時間 😊 MP3 14

會唸
打 ✅

😊 **1.clock** [klak] 鐘
◆ 相關字：watch [watʃ] 錶

😊 **2.o'clock** [ə'klak] 點鐘
◆ one [wʌn] o'clock一點鐘

😊 **3.hour** [aʊr] 小時

😊 **4.half** [hæf] **an hour** 半小時
◆ half一半
◆ 記法：half an hour（半一小時）＝ 半小時

😊 **5.minute** ['mɪnɪt] 分鐘

😊 **6.a quarter** ['kwɔrtə] 十五分鐘（一刻鐘）
◆ 記法：a quarter（一小時的1/4）＝ 十五分鐘（一刻鐘）

認字！
牛刀小試 唸英文並說出中文意思，對的打 ✓

☐1.clock	☐2.o'clock	☐3.hour
☐4.half an hour	☐5.minute	☐6.a quarter
☐7.second	☐8.morning	☐9.afternoon
☐10.evening	☐11.night	

7.second [ˈsɛkənd] 秒
- ◆ second另有「第二」的意思

8.morning [ˈmɔrnɪŋ] 早晨
- ◆ 相關字：morn [mɔrn] 早晨（常用於詩）
- ◆ 記法：morn + ing = morning

9.afternoon [ˌæftəˈnun] 下午
- ◆ 相關字：after [ˈæftə] 在……之後
- ◆ 相關字：noon [nun] 正午（十二點）
- ◆ 記法：afternoon（在正午之後）= 下午

10.evening [ˈivnɪŋ] 晚上（傍晚以後到夜晚）
- ◆ 相關字：eve [iv] 前夕、傍晚
- ◆ 記法：eve + ning = evening

11.night [naɪt] 夜晚
- ◆ night特別指晚上較深夜的時間

背字！

牛刀小試 看中文唸或背或默寫英文，對的打 ✓

- □1.鐘
- □2.點鐘
- □3.小時
- □4.半小時
- □5.分鐘
- □6.十五分鐘（一刻鐘）
- □7.秒
- □8.早晨
- □9.下午
- □10.晚上（傍晚以後到夜晚）
- □11.夜晚

會唸
打 ✅

😊 **12. midnight** [ˈmɪdˌnaɪt] 午夜（晚上十二點）
◆ 相關字：middle [ˈmɪdl̩] 中間的
◆ 記法：mid + night（中間的夜晚）= 午夜

😊 **13. a.m.** 午前（中午十二點以前）

😊 **14. p.m.** 午後（中午十二點以後）

😊 **15. at seven** 在七點
◆ at noon 在正午
◆ at night 在夜晚
◆ at [æt] 在（介詞），在短時間的「在」用at
◆ 記法：七點、正午、夜晚的時間很短，所以在七
　　　 點、在正午、在夜晚的「在」要用at

認字！
牛刀小試　唸英文並說出中文意思，對的打 ✓

☐ 12. midnight　　　　　　　　☐ 13. a.m.
☐ 14. p.m.　　　　　　　　　　☐ 15. at seven
☐ 16. in the morning

16.in the morning 在早晨

◆ in the afternoon 在下午
◆ in the evening 在晚上
◆ in [ɪn] 在……之內（介詞）
◆ 記法：早晨、下午、晚上都在一天之內，所以在早
　　　 晨、在下午、在晚上的「在」要用in

背字！

牛刀小試 看中文唸或背或默寫英文，對的打 ˇ

□12.午夜（晚上十二點）　　　□13.午前（中午十二點以前）
□14.午後（中午十二點以後）□15.在七點
□16.在早晨

二、前天・昨天・今天・明天・後天

🔊 **MP3 15**

會唸
打✅

🙂 **1.today** [tə'de] 今天
　◆記法：to + day = today

🙂 **2.this morning** 今晨
　◆記法：this morning（這早晨）= 今晨
　◆錯誤說法：today morning 請小心

🙂 **3.this afternoon** 今午
　◆記法：this afternoon（這下午）= 今午

🙂 **4.this evening** 今晚
　◆記法：this evening（這晚上）= 今晚

🙂 **5.tonight** [tə'naɪt] 今晚
　◆記法：to + night = tonight
　◆錯誤說法：today night 請小心

🙂 **6.tomorrow** [tə'mɔro] 明天
　◆tomorrow morning明晨
　◆tomorrow afternoon明午
　◆tomorrow evening明晚
　◆tomorrow night明晚

認字！
牛刀小試　唸英文並說出中文意思，對的打 ✓

☐1.today　　　　　☐2.this morning　　☐3.this afternoon
☐4.this evening　　☐5.tonight　　　　☐6.tomorrow
☐7.yesterday　　　　　　　☐8.last night
☐9.the day before yesterday　☐10.the day after tomorrow
☐11.the following day

7.yesterday [ˈjɛstədeˌ] 昨天
- ◆ yesterday morning昨晨
- ◆ yesterday afternoon昨午
- ◆ yesterday evening昨晚

8.last [læst] **night** 昨夜
- ◆ 記法：last night（最後的夜晚）= 昨夜
- ◆ 錯誤說法：yesterday night 請小心

9.the day before yesterday 前天
- ◆ before [bɪˈfor] 在……之前（介詞）
- ◆ 記法：the day before yesterday（在昨天之前的那天）= 前天

10.the day after tomorrow 後天
- ◆ after [ˈæftə] 在……之後
- ◆ 記法：the day after tomorrow（在明天之後的那天）= 後天

11.the following [ˈfaləɪŋ] **day** 次日
- ◆ follow [ˈfalo] 跟隨、跟在後
- ◆ 記法：the following day（跟在後的天）= 次日

背字！

牛刀小試 看中文唸或背或默寫英文，對的打 ˇ

□1.今天	□2.今晨	□3.今午
□4.今晚	□5.今晚	□6.明天
□7.昨天	□8.昨夜	
□9.前天	□10.後天	
□11.次日		

三、一週・假日 😊 MP3 16

> 👨‍🏫 王老師小叮嚀
>
> 星期簡記口訣：（只唸英文）
>
> | 週日 | 週一 | 週二 | 週三 | 週四 | 週五 | 週六 |
> |------|------|------|--------|--------|------|----------|
> | Sun | Mon | Tue | Wedne | Thurs | Fri | Saturday |
> | | | | （舌出） | | | |

會唸
打 ✅

😊 **1.Sunday** [ˈsʌnde] 週日
◆ 相關字：sun [sʌn] 太陽

😊 **2.Monday** [ˈmʌnde] 週一

😊 **3.Tuesday** [ˈtjuzde] 週二
◆ 注意：Tuesday裡面的e不發音

😊 **4.Wednesday** [ˈwɛnzde] 週三
◆ 注意：Wednesday裡面的d和e不發音

認字！
牛刀小試　唸英文並說出中文意思，對的打 ✓

☐ 1.Sunday	☐ 2.Monday	☐ 3.Tuesday
☐ 4.Wednesday	☐ 5.Thursday	☐ 6.Friday
☐ 7.Saturday	☐ 8.weekend	☐ 9.coming weekend
☐ 10.holiday		

😊 **5.Thursday** ['θɜzde] 週四
◆ 注意：Thursday字首是th，唸的時候舌頭要伸出來

😊 **6.Friday** ['fraɪde] 週五

😊 **7.Saturday** ['sætəde] 週六

😊 **8.weekend** ['wik'ɛnd] 週末
◆ 相關字：week [wik] 週
◆ 相關字：end [ɛnd] 結束、末

😊 **9.coming weekend** 即將到來的週末
◆ 相關字：coming ['kʌmɪŋ] 即將到來的

😊 **10.holiday** ['hɑlə,de] 假日

背字！

牛刀小試 看中文唸或背或默寫英文，對的打 ✓

□1.週日　　　　□2.週一　　　　□3.週二
□4.週三　　　　□5.週四　　　　□6.週五
□7.週六　　　　□8.週末　　　　□9.即將到來的週末
□10.假日

會唸
打 ✅

😊 **11.on Sunday 在週日**
- ◆ on weekend在週末
- ◆ on holiday在假日
- ◆ on [ɑn] 在……之上（介詞）
- ◆ 記法：週日、週末、假日在日曆之上，所以在週
  日、在週末、在假日的「在」要用on

😊 **12.this [ðɪs] week [wik] 本週**
- ◆ this這
- ◆ 記法：this week（這週）= 本週

😊 **13.last [læst] week 上週**
- ◆ last最後的、上一個
- ◆ 記法：last week（最後的週）= 上週

認字！
牛刀小試 唸英文並說出中文意思，對的打 ˇ

□11.on Sunday	□12.this week	□13.last week
□14.next week		

😊 **14.next** [nɛkst] **week** 下週
　◆ next下一個
　◆ 記法：next week（下一個週）= 下週

牛刀小試 看中文唸或背或默寫英文，對的打 ✓

□11.在週日　　　□12.本週　　　□13.上週
□14.下週

四、月份 😊 MP3 17

> **王老師小叮嚀**
>
> 月份簡記口訣：
> 1. Jan [dʒæ] Fe [fɛ] March車
> 2. 四月April　五月梅雨May　六月June
> 3. 七月July　八月 [ɔ] August　九月考駕照S型和駛
>   坡September
> 4. 十月10，O起頭October　十一月不No，
>   November
> 5. 十二月De（滴）De（滴）De（滴）聖誕聲
>   December

會唸
打✓

😊 **1.January** [ˈdʒænjuˌɛrɪ] 一月
　◆ 背法：Ja-nu-ary

😊 **2.February** [ˈfɛbruˌɛrɪ] / [ˈfɛbjuˌɛrɪ] 二月
　◆ 背法：Fe-bru-ary

😊 **3.March** [mɑrtʃ] 三月

認字！

牛刀小試　唸英文並說出中文意思，對的打 ✓

☐ 1.January	☐ 2.February	☐ 3.March
☐ 4.April	☐ 5.May	☐ 6.June
☐ 7.July	☐ 8.August	☐ 9.September
☐ 10.October		

😊 **4.April** [ˈeprəl] 四月
◆ 背法：A-pril

😊 **5.May** [me] 五月

😊 **6.June** [dʒun] 六月

😊 **7.July** [dʒuˈlaɪ] 七月

😊 **8.August** [ˈɔgəst] 八月
◆ 背法：Au-gust

😊 **9.September** [sɛpˈtɛmbɚ] 九月
◆ 背法：Sep-tem-ber

😊 **10.October** [ɑkˈtobɚ] 十月
◆ 背法：Oc-to-ber

背字！

牛刀小試 看中文唸或背或默寫英文，對的打 ✓

□1.一月	□2.二月	□3.三月
□4.四月	□5.五月	□6.六月
□7.七月	□8.八月	□9.九月
□10.十月		

會唸
打✅

🙂 **11. November** [noˋvɛmbɚ] 十一月
◆ 背法：No-vem-ber

🙂 **12. December** [dɪˋsɛmbɚ] 十二月
◆ 背法：De-cem-ber

🙂 **13. in** [ɪn] **January** 在一月
◆ in 在……內
◆ 記法：一月在一年之內，所以在一月的「在」要用
　　　 in

🙂 **14. month** [mʌnθ] 月

🙂 **15. this** [ðɪs] **month** 本月
◆ 記法：this month（這月）= 本月

認字！
牛刀小試　唸英文並說出中文意思，對的打 ✓

☐ 11. November 　 ☐ 12. December 　 ☐ 13. in January
☐ 14. month 　　　 ☐ 15. this month 　 ☐ 16. last month
☐ 17. next month

16.last [læst] **month** 上月
◆ 記法：last month（最後的月）= 上月

17.next [nɛkst] **month** 下月
◆ 記法：next month（下一個月）= 下月

背字！
牛刀小試 看中文唸或背或默寫英文，對的打 ˇ

□11.十一月　　□12.十二月　　□13.在一月
□14.月　　　　□15.本月　　　□16.上月
□17.下月

五、四季・年 😊 MP3 18

> 👨‍🏫 王老師小叮嚀
>
> 四季速記：
> （英式用法）spring、summer、autumn、winter
> （美式用法）spring、summer、fall、winter

會唸
打✅

😊 **1.season** [ˈsizn̩] 季節
- ◆ 相關字：sea [si] 海
- ◆ 相關字：son [sʌn] 兒子

😊 **2.spring** [sprɪŋ] 春

😊 **3.summer** [ˈsʌmə] 夏

4.autumn [ˈɔtəm] 秋
- ◆ 美式用法：fall [fɔl]，另有「掉落」的意思，秋天葉
  掉落，所以把fall當成「秋天」。

😊 **5.winter** [ˈwɪntə] 冬
- ◆ 相關字：win [wɪn] 贏、勝利

認字！
牛刀小試　唸英文並說出中文意思，對的打 ⌄

□1.season	□2.spring	□3.summer
□4.autumn	□5.winter	□6.in spring
□7.year	□8.in 2010	□9.this year
□10.last year	□11.next year	

😊 **6.in spring** 在春天
◆ 記法：春天在一年之內，所以在春天的「在」要用in
◆ in 在……內

😊 **7.year** [jɪr] 年

😊 **8.in 2010** 在2010年
◆ 記法：2010年在一世紀之內，所以在2010年的「在」要用in

😊 **9.this year** 今年
◆ 記法：this year（這年）＝今年

😊 **10.last year** 去年
◆ 記法：last year（最後的年）＝去年

😊 **11.next year** 明年
◆ 記法：next year（下一個年）＝明年

背字！

牛刀小試 看中文唸或背或默寫英文，對的打 ✓

□1.季節	□2.春	□3.夏
□4.秋	□5.冬	□6.在春天
□7.年	□8.在2010年	□9.今年
□10.去年	□11.明年	

NOTE

PART 3
身體・家人

一、身體（頭部～頸部）　😄 MP3 19

會唸
打☑

😊 **1.body** [ˈbadɪ] 身體

😊 **2.skin** [skɪn] 皮、皮膚

😊 **3.head** [hɛd] 頭

😊 **4.hair** [hɛr] 髮

😊 **5.face** [fes] 臉

😊 **6.eye** [aɪ] 眼

😊 **7.ear** [ɪr] 耳

😊 **8.nose** [noz] 鼻

認字！

牛刀小試　唸英文並說出中文意思，對的打 ✓

☐1.body	☐2.skin	☐3.head
☐4.hair	☐5.face	☐6.eye
☐7.ear	☐8.nose	☐9.mouth
☐10.lip	☐11.tooth	☐12.neck

😊 **9.mouth** [maʊθ] 嘴

😊 **10.lip** [lɪp] 唇

😊 **11.tooth** [tuθ] 牙
◆ 複數：teeth [tiθ]

😊 **12.neck** [nɛk] 頸、脖子

背字！
牛刀小試 看中文唸或背或默寫英文，對的打ˇ

□1.身體	□2.皮、皮膚	□3.頭
□4.髮	□5.臉	□6.眼
□7.耳	□8.鼻	□9.嘴
□10.唇	□11.牙	□12.頸、脖子

二、身體（肩膀～腳部）　😃 MP3 20

會唸
打 ✅

😃 **1.shoulder** [ˈʃoldɚ] 肩膀

😃 **2.chest** [tʃɛst] 胸

😃 **3.heart** [hɑrt] 心

😃 **4.blood** [blʌd] 血

😃 **5.stomach** [ˈstʌmək] 胃

😃 **6.back** [bæk] 背

😃 **7.hand** [hænd] 手

😃 **8.arm** [ɑrm] 手臂

認字！

牛刀小試　唸英文並說出中文意思，對的打 ✓

☐1.shoulder	☐2.chest	☐3.heart
☐4.blood	☐5.stomach	☐6.back
☐7.hand	☐8.arm	☐9.finger
☐10.nail	☐11.waist	☐12.leg
☐13.knee	☐14.foot	☐15.toe

😊 **9.finger** [ˈfɪŋgə] 手指

😊 **10.nail** [nel] 指甲

😊 **11.waist** [west] 腰

😊 **12.leg** [lɛg] 腿

😊 **13.knee** [ni] 膝

😊 **14.foot** [fʊt] 腳
　◆ 複數：feet [fit]

😊 **15.toe** [to] 腳趾頭

背字！
牛刀小試 看中文唸或背或默寫英文，對的打 ✓

□1.肩膀	□2.胸	□3.心
□4.血	□5.胃	□6.背
□7.手	□8.手臂	□9.手指
□10.指甲	□11.腰	□12.腿
□13.膝	□14.腳	□15.腳趾頭

三、身體不舒服（病痛→看病→痊癒）

🎧 MP3 21

會唸
打✅

🙂 **1.patient** [ˈpeʃənt] 病人

🙂 **2.cut** [kʌt] 傷口
　◆ cut當動詞時，意思是「切」

🙂 **3.hurt** [hɜt] 受傷、痛

🙂 **4.pain** [pen] 疼痛、痛苦
　◆ I have a pain in my arm. 我的手臂痛。

🙂 **5.sharp** [ʃɑrp] **pain** 劇痛
　◆ sharp尖銳的
　◆ 記法：sharp pain（尖銳的疼痛）＝劇痛

🙂 **6.sore** [sor] 痛的、發炎的

🙂 **7.ache** [ek] 疼痛
　◆ 相關字：headache [ˈhɛdˌek] 頭痛
　◆ 相關字：stomachache [ˈstʌməkˌek] 胃痛

認字！

牛刀小試　唸英文並說出中文意思，對的打✓

□1.patient	□2.cut	□3.hurt
□4.pain	□5.sharp pain	□6.sore
□7.ache	□8.cold	□9.sick
□10.weak	□11.unwell	□12.tired
□13.hospital	□14.doctor	

😊 **8.cold** [kold] 感冒
◆ cold當形容詞時，意思是「冷的」

😊 **9.sick** [sɪk] 生病的
◆ 同義字：ill [ɪl]

😊 **10.weak** [wik] 虛弱的

😊 **11.unwell** [ʌnˈwɛl] 病的

😊 **12.tired** [taɪrd] 疲倦的

😊 **13.hospital** [ˈhɑspɪtl] 醫院

😊 **14.doctor** [ˈdɑktə] 醫師
◆ 相關字：eye doctor眼科醫師
◆ 相關字：dentist [ˈdɛntɪst] 牙醫師

背字！

牛刀小試 看中文唸或背或默寫英文，對的打ˇ

□1.病人	□2.傷口	□3.受傷、痛
□4.疼痛、痛苦	□5.劇痛	□6.痛的、發炎的
□7.疼痛	□8.感冒	□9.生病的
□10.虛弱的	□11.病的	□12.疲倦的
□13.醫院	□14.醫師	

會唸
打 ✅

😊 **15.go to a doctor** 去看醫生
◆ 同義詞：see a doctor

😊 **16.treat** [trit] 治療
◆ treat另有「對待、請客」的意思

😊 **17.nurse** [nɜs] 護士

😊 **18.bandage** [ˈbændɪdʒ] 繃帶

😊 **19.cold** [kold] **pack** [pæk] 冰袋
◆ 記法：cold pack（冷的袋）＝冰袋

😊 **20.X ray** [re] X光線

😊 **21.take** [tek] **medicine** [ˈmɛdəsṇ] 服藥
◆ medicine藥

認字！
牛刀小試 唸英文並說出中文意思，對的打 ✓

☐15.go to a doctor	☐16.treat	☐17.nurse
☐18.bandage	☐19.cold pack	☐20.X ray
☐21.take medicine	☐22.injection	☐23.recover
☐24.healthy	☐25.well	☐26.strong

22.injection [ɪnˈdʒɛkʃən] 注射

23.recover [rɪˈkʌvə] 復原、痊癒

24.healthy [ˈhɛlθɪ] 健康的
◆ 相關字：health [hɛlθ] 健康

25.well [wɛl] 健康的、好的

26.strong [strɔŋ] 強壯的

背字！

牛刀小試 看中文唸或背或默寫英文，對的打 ✓

□15.去看醫生	□16.治療	□17.護士
□18.繃帶	□19.冰袋	□20.X光線
□21.服藥	□22.注射	□23.復原、痊癒
□24.健康的	□25.健康的、好的	□26.強壯的

四、家人・親戚 😊 MP3 22

會唸
打✅

😊 **1.family** [ˈfæməlɪ] 家庭、家人

😊 **2.grandfather** [ˈgrænd͵fɑðə] 祖父
◆ 同義字：grandpa [ˈgrændpɑ]

😊 **3.grandmother** [ˈgrænd͵mʌðə] 祖母
◆ 同義字：grandma [ˈgrændmɑ]

😊 **4.father** [ˈfɑðə] 父親
◆ 同義字：dad [dæd]、daddy [ˈdædɪ]

😊 **5.mother** [ˈmʌðə] 母親
◆ 同義字：mom [mɑm]、mommy [ˈmɑmɪ]

😊 **6.parents** [ˈpɛrənts] 雙親

認字！
牛刀小試　唸英文並說出中文意思，對的打 ✓

☐1.family　　　　☐2.grandfather　　☐3.grandmother
☐4.father　　　　☐5.mother　　　　☐6.parents
☐7.brother　　　　　　　　　　　☐8.sister
☐9.brother and sister　　　☐10.sister and brother
☐11.son　　　　　　　　　　　☐12.daughter

😊 **7.brother** [ˈbrʌðə] 兄（弟）

😊 **8.sister** [ˈsɪstə] 姐（妹）

😊 **9.brother and sister** 兄妹

😊 **10.sister and brother** 姐弟

😊 **11.son** [sʌn] 兒子

😊 **12.daughter** [ˈdɔtə] 女兒

背字！

牛刀小試 看中文唸或背或默寫英文，對的打 ∨

□1.家庭、家人　　□2.祖父　　　　□3.祖母
□4.父親　　　　　□5.母親　　　　□6.雙親
□7.兄（弟）　　　　　　　　　　　□8.姐（妹）
□9.兄妹　　　　　　　□10.姐弟
□11.兒子　　　　　　　□12.女兒

會唸
打☑

😊 **13.grandson** [ˈgrændˌsʌn] 孫子
　◆相關字：grand [grænd] 隔二代、祖或孫

😊 **14.granddaughter** [ˈgrændˌdɔtə] 孫女

😊 **15.uncle** [ˈʌŋkl] 叔叔、舅舅、伯父……
　◆uncle統稱與父母同輩之男性長輩

😊 **16.aunt** [ænt] 嬸嬸、阿姨、伯母……
　◆aunt統稱與父母同輩之女性長輩

😊 **17.cousin** [ˈkʌzn̩] 堂（表）兄弟姐妹
　◆cousin統稱堂（表）兄弟姐妹

😊 **18.law** [lɔ] 法律

認字！
牛刀小試　唸英文並說出中文意思，對的打 ✓

☐13.grandson ☐14.granddaughter
☐15.uncle ☐16.aunt
☐17.cousin ☐18.law
☐19.father-in-law ☐20.mother-in-law

😊 **19.father-in-law** 岳父、公公
◆ 記法：father-in-law（在法律的父親）
　　　　= 岳父、公公

😊 **20.mother-in-law** 岳母、婆婆
◆ 記法：mother-in-law（在法律的母親）
　　　　= 岳母、婆婆

背字！

牛刀小試 看中文唸或背或默寫英文，對的打✓

□13.孫子　　　　　　　　　　□14.孫女
□15.叔叔、舅舅、伯父……　□16.嬸嬸、阿姨、伯母……
□17.堂（表）兄弟姐妹　　　 □18.法律
□19.岳父、公公　　　　　　 □20.岳母、婆婆

五、出生・長大 😊 MP3 23

會唸
打 ✅

😊 **1.bear** [bɛr] 生
◆ bear另有「熊」的意思

😊 **2.born** [bɔrn] 出生的
◆ I was born.我出生。

😊 **3.baby** [ˈbebɪ] 嬰兒
◆ baby girl [gɝl] 女嬰
◆ give birth [bɝθ] to a baby girl生出一個女嬰

😊 **4.doll** [dɑl] 洋娃娃
◆ 相關字：toy [tɔɪ] 玩具

😊 **5.child** [tʃaɪld] 小孩
◆ 複數：children [ˈtʃɪldrən]
◆ 同義字：kid [kɪd]

認字！

牛刀小試　唸英文並說出中文意思，對的打 ˇ

☐1.bear　　　☐2.born　　　☐3.baby
☐4.doll　　　☐5.child　　　☐6.full name
☐7.first name　☐8.last name　☐9.grow up
☐10.teenagers

6.full [fʊl] **name** [nem] 全名
◆ 記法：full name（完全的名字）= 全名

7.first [fɜst] **name** 名
◆ 記法：first name（首先的名字）= 名

8.last [læst] **name** 姓
◆ 記法：last name（最後的名字）= 姓

9.grow [gro] **up** [ʌp] 長大
◆ grow成長
◆ up往上

10.teenagers [ˈtinˌedʒɚz] 青少年
◆ 相關字：teen [tin] 十幾
◆ 相關字：age [edʒ] 年齡
◆ 記法：teenagers（十幾歲的年齡者）= 青少年

背字！

牛刀小試 看中文唸或背或默寫英文，對的打 ✓

□1.生　　　　□2.出生的　　□3.嬰兒
□4.洋娃娃　　□5.小孩　　　□6.全名
□7.名　　　　□8.姓　　　　□9.長大
□10.青少年

會唸
打✅

😊 **11.adult** [əˋdʌlt] 成人

😊 **12.marry** [ˋmærɪ] 結婚、嫁（誰）、娶（誰）

😊 **13.married** [ˋmærɪd] 結婚的
◆ I am married. 我結婚了。
◆ I got married. 我結婚了。
◆ 記法：marry – y + ied = married

😊 **14.wedding** [ˋwɛdɪŋ] 婚禮

😊 **15.wife** [waɪf] 太太

😊 **16.husband** [ˋhʌzbənd] 丈夫

認字！
牛刀小試　唸英文並說出中文意思，對的打✓

☐11.adult　　　　　　☐12.marry
☐13.married　　　　　☐14.wedding
☐15.wife　　　　　　 ☐16.husband
☐17.husband and wife ☐18.housewife
☐19.neighbor

😊 17.husband and wife 夫妻
　◆ 記法：husband and wife（丈夫和太太） = 夫妻

😊 18.housewife 家庭主婦
　◆ 相關字：house [haus] 房子
　◆ 記法：housewife（房子太太） = 家庭主婦

😊 19.neighbor [ˈnebə] 鄰居
　◆ 相關字：neighborhood [ˈnebə‚hud] 社區

背字！

牛刀小試 看中文唸或背或默寫英文，對的打 ˇ

☐ 11.成人　　　　　　　　☐ 12.結婚、嫁（誰）、娶（誰）
☐ 13.結婚的　　　　　　　☐ 14.婚禮
☐ 15.太太　　　　　　　　☐ 16.丈夫
☐ 17.夫妻　　　　　　　　☐ 18.家庭主婦
☐ 19.鄰居

六、家 😊 MP3 24

會唸
打 ✅

😊 **1. home** [hom] 家
◆ 相關字：house [haus] 家、房子
◆ 相關字：castle [ˈkæsl] 城堡

😊 **2. key** [ki] 鑰匙

😊 **3. door** [dor] 門

😊 **4. window** [ˈwɪndo] 窗

😊 **5. floor** [flor] 樓、樓層
◆ 2F 二樓

😊 **6. balcony** [ˈbælkənɪ] 陽台

😊 **7. yard** [jɑrd] 庭院
◆ yard另有「英碼」的意思

認字！

牛刀小試 唸英文並說出中文意思，對的打 ✓

☐ 1. home　　　　☐ 2. key　　　　☐ 3. door
☐ 4. window　　　☐ 5. floor　　　☐ 6. balcony
☐ 7. yard　　　　☐ 8. mat　　　　☐ 9. bathroom
☐ 10. bedroom　　☐ 11. dining room　☐ 12. living room

😊 **8.mat** [mæt] 蓆、墊子

😊 **9.bathroom** [ˈbæθˌrum] 浴室、洗手間
- ◆相關字：bath [bæθ] 沐浴
- ◆相關字：room [rum] 房間
- ◆記法：bath + room = bathroom

😊 **10.bedroom** [ˈbɛdˌrum] 臥房
- ◆相關字：bed [bɛd] 床
- ◆相關字：room [rum] 房間
- ◆記法：bed + room = bedroom

😊 **11.dining** [ˈdaɪnɪŋ] **room** 飯廳
- ◆相關字：dine [daɪn] 用餐
- ◆相關字：dining 用餐的

😊 **12.living** [ˈlɪvɪŋ] **room** 客廳
- ◆相關字：live [lɪv] 住、生活
- ◆相關字：living 生活的

背字！

牛刀小試 看中文唸或背或默寫英文，對的打 ✓

☐1.家	☐2.鑰匙	☐3.門
☐4.窗	☐5.樓、樓層	☐6.陽台
☐7.庭院	☐8.蓆、墊子	☐9.浴室、洗手間
☐10.臥房	☐11.飯廳	☐12.客廳

會唸
打✓

😊 **13.kitchen** [ˈkɪtʃən] 廚房

😊 **14.sofa** [ˈsofə] 沙發

😊 **15.fan** [fæn] 風扇、影迷、球迷

😊 **16.couch** [kautʃ] 長椅、睡椅

😊 **17.bench** [bɛntʃ] 長椅

😊 **18.blanket** [ˈblæŋkɪt] 毛毯

😊 **19.tub** [tʌb] 浴缸

😊 **20.towel** [tauəl] 毛巾

認字！

牛刀小試　唸英文並說出中文意思，對的打✓

□13.kitchen	□14.sofa	□15.fan
□16.couch	□17.bench	□18.blanket
□19.tub	□20.towel	□21.comb
□22.pipe	□23.hose	□24.tool
□25.rope	□26.vacuum	□27.mop

😊 **21. comb** [kom] 梳子

😊 **22. pipe** [paɪp] 管子

😊 **23. hose** [hoz] 橡皮管

😊 **24. tool** [tul] 工具

😊 **25. rope** [rop] 繩子

😊 **26. vacuum** [ˈvækjuəm] 真空吸塵器
◆ vacuum當動詞時，意思是「用真空吸塵器吸乾淨」

😊 **27. mop** [map] 拖把
◆ mop當動詞時，意思是「用拖把拖」

背字！

牛刀小試 看中文唸或背或默寫英文，對的打 ✓

□13.廚房	□14.沙發	□15.風扇、影迷、球迷
□16.長椅、睡椅	□17.長椅	□18.毛毯
□19.浴缸	□20.毛巾	□21.梳子
□22.管子	□23.橡皮管	□24.工具
□25.繩子	□26.真空吸塵器	□27.拖把

會唸
打✅

😊 **28.decorate** [ˈdɛkəˌret] 裝飾、布置

😊 **29.camera** [ˈkæmərə] 照相機

😊 **30.digital camera** 數位相機
◆ digital [ˈdɪdʒɪtl] 數位的

😊 **31.film** [fɪlm] 底片、影片

😊 **32.photo** [ˈfoto] 照片

😊 **33.picture** [ˈpɪktʃə] 照片、圖畫

😊 **34.album** [ˈælbəm] 相簿、專輯

認字！
牛刀小試 唸英文並說出中文意思，對的打 ✓

☐28.decorate	☐29.camera	☐30.digital camera
☐31.film	☐32.photo	☐33.picture
☐34.album	☐35.umbrella	☐36.rain coat

😊 **35.umbrella** [ʌmˋbrɛlə] 雨傘

😊 **36.rain** [ren] **coat** [kot] 雨衣
- ◆ rain雨
- ◆ coat外套

背字！

牛刀小試 看中文唸或背或默寫英文，對的打ˇ

☐ 28.裝飾、布置　☐ 29.照相機　☐ 30.數位相機
☐ 31.底片、影片　☐ 32.照片　☐ 33.照片、圖畫
☐ 34.相簿、專輯　☐ 35.雨傘　☐ 36.雨衣

NOTE

PART 4
學校・考試

一、求學 😊 MP3 25

會唸
打 ✅

😊 **1.school** [skul] 學校

😊 **2.public** [ˈpʌblɪk] **school** 公立學校
◆ public公共的、公立的

😊 **3.elementary** [ˌɛləˈmɛntərɪ] **school** 小學
◆ elementary基礎的
◆ 背法：ele-men-tary
◆ 記法：elementary school（基礎的學校）＝小學

😊 **4.junior** [ˈdʒunjɚ] **high** [haɪ] **school** 國中
◆ junior下級的
◆ high school高中
◆ 記法：junior high school（下級的高中）＝國中

😊 **5.senior** [ˈsinjɚ] **high school** 高中
◆ senior上級的
◆ 記法：senior high school（上級的高中）＝高中

認字！

牛刀小試　唸英文並說出中文意思，對的打 ✓

☐ 1.school
☐ 2.public school
☐ 3.elementary school
☐ 4.junior high school
☐ 5.senior high school
☐ 6.cram school
☐ 7.semester
☐ 8.teacher
☐ 9.student
☐ 10.student ID number

6.cram [kræm] **school** 補習班
- ◆ cram填塞
- ◆ 記法：cram school（填塞學校）= 補習班

7.semester [sə'mɛstə] 學期
- ◆ 背法：se-mes-ter

8.teacher ['titʃə] 老師

9.student ['stjudənt] 學生

10.student ID number ['nʌmbə] 學號
- ◆ 記法：student ID number（學生身分號碼）
  = 學號

背字！

牛刀小試 看中文唸或背或默寫英文，對的打 ✓

☐1.學校　　　　　　　　☐2.公立學校
☐3.小學　　　　　　　　☐4.國中
☐5.高中　　　　　　　　☐6.補習班
☐7.學期　　　　　　　　☐8.老師
☐9.學生　　　　　　　　☐10.學號

會唸
打 ✅

😊 **11.classmate** [ˈklæs͵met] 同學
◆ 相關字：class [klæs] 班、課
◆ 相關字：mate [met] 夥伴
◆ 記法：classmate（班級同伴）= 同學

😊 **12.grade** [gred] 等級、年級、成績
◆ 相關字：grader [ˈgredə] 等級生

😊 **13.a fourth grader** 四年級生
◆ 記法：a fourth grader（第四等級生）= 四年級生
◆ I am a fourth grader. 我是四年級生。

😊 **14.graduate** [ˈgrædʒʊ͵et] 畢業
◆ 背法：gra-du-ate

認字！
牛刀小試　唸英文並說出中文意思，對的打 ✓

☐ 11.classmate　　　　　☐ 12.grade
☐ 13.a fourth grader　　☐ 14.graduate
☐ 15.reunion

☺ **15.reunion** [rɪˋjunjən] 同學會、敘舊聚會
- ◆ 相關字：re [rɪ] 再
- ◆ 相關字：union [ˋjunjən] 聯合
- ◆ 記法：reunion（再聯合）＝同學會、敘舊聚會

背字！

牛刀小試 看中文唸或背或默寫英文，對的打 ✓

□11.同學 □12.等級、年級、成績
□13.四年級生 □14.畢業
□15.同學會、敘舊聚會

二、校區環境 😊 MP3 26

會唸
打☑

😊 **1.group** [grup] 團體、一群的「群」

😊 **2.place** [ples] 地方（字尾是ace）

😊 **3.space** [spes] 空間（字尾也是ace）

😊 **4.gate** [get] 校門、機門

😊 **5.library** [ˈlaɪˌbrɛrɪ] 圖書館
◆ 背法：li-bra-ry

😊 **6.playground** [ˈpleˌgraʊnd] 運動場、遊戲場
◆ 相關字：play [ple] 玩
◆ 相關字：ground [graʊnd] 地面
◆ 記法：playground（玩的地面）＝ 運動場、遊戲場

😊 **7.gym** [dʒɪm] 體育館

認字！

牛刀小試　唸英文並說出中文意思，對的打✓

□1.group　　　　　　　□2.place
□3.space　　　　　　　□4.gate
□5.library　　　　　　□6.playground
□7.gym　　　　　　　 □8.swimming pool
□9.stairs　　　　　　 □10.upstairs
□11.downstairs　　　　□12.classroom
□13.the first row

😊 **8.swimming** ['swɪmɪŋ] **pool** [pul] 游泳池
　◆ 相關字：swim游泳

😊 **9.stairs** [stɛrz] 階梯、樓梯

😊 **10.upstairs** ['ʌp'stɛrz] 樓上、在樓上
　◆ up [ʌp] 往上、在上

😊 **11.downstairs** ['daun'stɛrz] 樓下、在樓下
　◆ 相關字：down [daun] 往下、在下

😊 **12.classroom** ['klæs.rum] 教室
　◆ 相關字：class [klæs] 班級、課
　◆ 相關字：room [rum] 房間
　◆ 記法：classroom（班級房間）＝ 教室

😊 **13.the first** [fɜst] **row** [ro] 第一排
　◆ first第一、首先
　◆ row排

背字！

牛刀小試 看中文唸或背或默寫英文，對的打 ✓

□1.團體、一群的「群」	□2.地方
□3.空間	□4.校門、機門
□5.圖書館	□6.運動場、遊戲場
□7.體育館	□8.游泳池
□9.階梯、樓梯	□10.樓上、在樓上
□11.樓下、在樓下	□12.教室
□13.第一排	

三、教室布置 😊 MP3 27

會唸
打 ✔

😊 **1.blackboard** [ˈblæk͵bord] 黑板
◆ 相關字：black [blæk] 黑色、黑色的
◆ 相關字：board [bord] 板

😊 **2.chalk** [tʃɔk] 粉筆

😊 **3.table** [ˈtebl] 桌子（統稱）

😊 **4.desk** [dɛsk] 書桌

😊 **5.chair** [tʃɛr] 椅子

😊 **6.notice** [ˈnotɪs] 公告
◆ notice當動詞時，意思是「注意」

😊 **7.school bag** [bæg] 書包
◆ bag袋、包

認字！
牛刀小試 唸英文並說出中文意思，對的打 ✓

☐1.blackboard	☐2.chalk	☐3.table
☐4.desk	☐5.chair	☐6.notice
☐7.school bag	☐8.bell	☐9.ring
☐10.homework		

😊 **8.bell** [bɛl] 鐘、鈴、鐘聲

😊 **9.ring** [rɪŋ] 響
◆ ring當名詞時，意思是「戒指、手環」

😊 **10.homework** [ˈhom.wɜk] 家庭功課
◆ 相關字：home [hom] 家
◆ 相關字：work [wɜk] 工作

背字！

牛刀小試 看中文唸或背或默寫英文，對的打 ˇ

□1.黑板	□2.粉筆	□3.桌子
□4.書桌	□5.椅子	□6.公告
□7.書包	□8.鐘、鈴、鐘聲	□9.響
□10.家庭功課		

四、學生用具 😃 MP3 28

會唸
打✓

😃 **1.pen** [pɛn] 筆
◆ 相關字：pencil [ˈpɛnsl̩] 鉛筆

😃 **2.pencil box** [bɑks] 鉛筆盒
◆ 同義詞：pencil case [kes]
◆ box 盒子
◆ case 箱、盒

😃 **3.marker** [ˈmɑrkɚ] 麥克筆、彩色筆
◆ mark [mɑrk] 標記、做記號
◆ 記法：mark + er = marker

😃 **4.ruler** [ˈrulɚ] 尺
◆ rule [rul] 規矩
◆ 記法：rule + er = ruler

😃 **5.eraser** [ɪˈresɚ] 橡皮擦
◆ erase [ɪˈres] 擦
◆ 記法：erase + r = eraser

認字！
牛刀小試 唸英文並說出中文意思，對的打✓

☐ 1.pen   ☐ 2.pencil box   ☐ 3.marker
☐ 4.ruler   ☐ 5.eraser   ☐ 6.glue
☐ 7.notebook   ☐ 8.workbook   ☐ 9.dictionary
☐ 10.chart   ☐ 11.poster

😊 **6.glue** [glu] 膠水
◆ 相關字：paste [pest] 漿糊

😊 **7.notebook** [ˈnotˌbʊk] 筆記簿、手冊
◆ 相關字：note [not] 筆記
◆ 相關字：book [bʊk] 書、冊

😊 **8.workbook** [ˈwɜkˌbʊk] 作業簿
◆ 相關字：work [wɜk] 工作、作品

😊 **9.dictionary** [ˈdɪkʃəˌnɛrɪ] 字典
◆ 背法：dic-tion-ary

😊 **10.chart** [tʃɑrt] 圖表、統計表

😊 **11.poster** [ˈpostə] 海報

背字！

牛刀小試 看中文唸或背或默寫英文，對的打 ✓

□1.筆	□2.鉛筆盒	□3.麥克筆、彩色筆
□4.尺	□5.橡皮擦	□6.膠水
□7.筆記簿、手冊	□8.作業簿	□9.字典
□10.圖表、統計表	□11.海報	

五、學科名稱 😊 MP3 29

會唸
打 ✓

😊 **1.subject** [ˈsʌbdʒɪkt] 科目、主題

😊 **2.course** [kors] 課程、路線

😊 **3.class** [klæs] 班、課

😊 **4.Chinese** [tʃaɪˈniz] **class** 中文課

😊 **5.English** [ˈɪŋglɪʃ] **class** 英文課

😊 **6.math** [mæθ] **class** 數學課

😊 **7.music** [ˈmjuzɪk] 音樂

😊 **8.art** [ɑrt] 美術、藝術

認字！

牛刀小試 唸英文並說出中文意思，對的打 ✓

☐1.subject	☐2.course	☐3.class
☐4.Chinese class	☐5.English class	☐6.math class
☐7.music	☐8.art	☐9.PE
☐10.history	☐11.science	☐12.social studies
☐13.language	☐14.lesson 1	☐15.unit 1

😊 **9.PE** 體育（physical education縮寫）

😊 **10.history** [ˈhɪstrɪ] 歷史
- ◆ story [ˈstorɪ] 故事
- ◆ 記法：hi + story = history

😊 **11.science** [ˈsaɪəns] 科學、自然
- ◆ 背法：sci-ence

😊 **12.social** [ˈsoʃəl] **studies** [ˈstʌdɪz] 社會（科）
- ◆ social社會的

😊 **13.language** [ˈlæŋgwɪdʒ] 語言
- ◆ 背法：lan-guage

😊 **14.lesson** [ˈlɛsṇ] **1** 第一課

😊 **15.unit** [ˈjunɪt] **1** 第一單元

背字！

牛刀小試 看中文唸或背或默寫英文，對的打 ✓

□1.科目、主題	□2.課程、路線	□3.班、課
□4.中文課	□5.英文課	□6.數學課
□7.音樂	□8.美術、藝術	□9.體育
□10.歷史	□11.科學、自然	□12.社會（科）
□13.語言	□14.第一課	□15.第一單元

六、讀書・測驗 😊 MP3 30

會唸
打✅

😊 **1.teach** [titʃ] 教

😊 **2.learn** [lɜn] 學習

😊 **3.study** [ˈstʌdɪ] 研習

😊 **4.read** [rid] 讀、唸

😊 **5.spell** [spɛl] 拼字的拼

😊 **6.ask** [æsk] 問、要求

😊 **7.question** [ˈkwɛstʃən] 問題
　◆ 背法：ques-tion

認字！

牛刀小試　唸英文並說出中文意思，對的打ˇ

☐1.teach　　　　☐2.learn　　　　☐3.study
☐4.read　　　　☐5.spell　　　　☐6.ask
☐7.question　　☐8.answer　　　☐9.understand
☐10.solve　　　☐11.preview　　☐12.review
☐13.repeat

😊 **8.answer** [ˈænsə] 回答

😊 **9.understand** [ʌndəˈstænd] 了解
◆ 背法：un-der-stand

😊 **10.solve** [salv] 解決、解答

😊 **11.preview** [ˈpriˌvju] 預習
◆ 相關字：pre [pri] 預先（常見字首）
◆ 相關字：view [vju] 看
◆ 記法：preview（預先看）= 預習

😊 **12.review** [riˈvju] 複習
◆ 相關字：re [ri] 再（常見字首）
◆ 記法：review（再看）= 複習

😊 **13.repeat** [riˈpit] 重複

背字！
牛刀小試 看中文唸或背或默寫英文，對的打 ˇ

☐1.教　　　　　☐2.學習　　　　　☐3.研習
☐4.讀、唸　　　☐5.拼字的拼　　　☐6.問、要求
☐7.問題　　　　☐8.回答　　　　　☐9.了解
☐10.解決、解答　☐11.預習　　　　☐12.複習
☐13.重複

會唸
打 ✅

😊 **14.tip** [tɪp] 祕訣、小費

😊 **15.final** [ˈfaɪnl] **exam** [ɪgˈzæm] 期末考
◆ exam考試（大考）
◆ 記法：final exam（最終的考） = 期末考

😊 **16.test** [tɛst] 測驗、考試

😊 **17.quiz** [kwɪz] 小考、抽考

😊 **18.key** [ki] 解答
◆ key另有「鑰匙」的意思

😊 **19.grade** [gred] 年級、分數、成績

😊 **20.mark** [mɑrk] 打分數的打、標記

認字！

牛刀小試 唸英文並說出中文意思，對的打 ✓

□14.tip	□15.final exam	□16.test
□17.quiz		□18.key
□19.grade		□20.mark
□21.pass		□22.peek
□23.cheat		□24.fail
□25.correct		□26.make up

😊 **21.pass** [pæs] 通過（考試）、傳遞、經過

😊 **22.peek** [pik] 偷看

😊 **23.cheat** [tʃit] 作弊、欺騙

😊 **24.fail** [fel] 失敗、沒通過

😊 **25.correct** [kəˈrɛkt] 修正
◆ correct當形容詞時，意思是「正確的」

😊 **26.make** [mek] **up** [ʌp] 補考、重修、化妝
◆ make製作、使
◆ up往上、在上

背字！

牛刀小試 看中文唸或背或默寫英文，對的打 ✓

□14.祕訣、小費	□15.期末考	□16.測驗、考試
□17.小考、抽考		□18.解答
□19.年級、分數、成績		□20.打分數的打、標記
□21.通過（考試）、傳遞、經過		□22.偷看
□23.作弊、欺騙		□24.失敗、沒通過
□25.修正		□26.補考、重修、化妝

PART 5
運動・休閒

王老師英語教室

用小故事（做白日夢）記單字

王老師英語教室

用「長輩的叮嚀」記單字

一、運動競賽 😊 MP3 31

會唸
打 ✔

😊 **1.activity** [æk'tɪvətɪ] 活動
　　◆ 相關字：act [ækt] 舉止、動作
　　◆ 背法：ac-ti-vity

😊 **2.sport** [sport] 戶外運動
　　◆ the school sports 學校運動會

😊 **3.school fair** [fɛr] 校慶園遊會
　　◆ fair 展覽會

😊 **4.exercise** ['ɛksə‚saɪz] 運動、練習
　　◆ 背法：exer-cise

😊 **5.join** [dʒɔɪn] 參加

😊 **6.game** [gem] 比賽、遊戲

😊 **7.race** [res] 競賽

認字！

牛刀小試　唸英文並說出中文意思，對的打 ✓

□1.activity	□2.sport	□3.school fair
□4.exercise	□5.join	□6.game
□7.race	□8.team	□9.coach
□10.fans	□11.lose	□12.win
□13.score	□14.point	

😊 **8.team** [tim] 隊伍

😊 **9.coach** [kotʃ] 教練

😊 **10.fans** [fænz] 粉絲
◆ 相關字：fan [fæn] 風扇、影迷、球迷

😊 **11.lose** [luz] 輸、失去

😊 **12.win** [wɪn] 贏

😊 **13.score** [skor] 得分、成績

😊 **14.point** [pɔɪnt] 分數、點
◆ point當動詞時，意思是「指出」

背字！

牛刀小試 看中文唸或背或默寫英文，對的打 ✓

□1.活動	□2.戶外運動	□3.校慶園遊會
□4.運動、練習	□5.參加	□6.比賽、遊戲
□7.競賽	□8.隊伍	□9.教練
□10.粉絲	□11.輸、失去	□12.贏
□13.得分、成績	□14.分數、點	

二、運動項目 😊 MP3 32

會唸
打✔

1.frisbee ['frɪzbɪ] 飛盤
◆ 相關字：bee [bi] 蜜蜂

2.surf [sɜf] 衝浪、瀏覽
◆ surf the net [nɛt] 上網瀏覽

3.roll [rol] 滾動

4.roller ['rolə] 輪
◆ 記法：roll + er = roller（滾動者）= 輪

5.skate [sket] 溜冰、溜冰鞋

6.roller skates 溜冰鞋（四輪）
◆ roller-skate當動詞，意思是「溜冰」

認字！
牛刀小試　唸英文並說出中文意思，對的打✓

☐1.frisbee　　☐2.surf　　　☐3.roll
☐4.roller　　☐5.skate　　　☐6.roller skates
☐7.swing　　☐8.seesaw　　☐9.slide

7.swing [swɪŋ] 鞦韆
◆ swing當動詞，意思是「盪鞦韆」

8.seesaw [ˋsiˏsɔ] 蹺蹺版
◆ 相關字：see [si] 看
◆ 相關字：saw [sɔ] 看的過去式

9.slide [slaɪd] 滑梯
◆ slide當動詞時，意思是「滑行」

背字！

牛刀小試 看中文唸或背或默寫英文，對的打 ✓

□1.飛盤　　　　□2.衝浪、瀏覽　□3.滾動
□4.輪　　　　　□5.溜冰、溜冰鞋　□6.溜冰鞋（四輪）
□7.鞦韆　　　　□8.蹺蹺版　　　□9.滑梯

三、球類運動　😊 MP3 33

會唸
打 ✅

😊 **1.ball** [bɔl] 球

😊 **2.basketball** [ˈbæskɪt.bɔl] 籃球
◆ 相關字：basket [ˈbæskɪt] 籃子

😊 **3.baseball** [ˈbes.bɔl] 棒球
◆ 相關字：base [bes] 壘

😊 **4.softball** [ˈsɔft.bɔl] 壘球
◆ 相關字：soft [sɔft] 軟的

😊 **5.dodge** [dɑdʒ] **ball** 躲避球
◆ dodge閃躲

😊 **6.soccer** [ˈsɑkə] 足球

😊 **7.tennis** [ˈtɛnɪs] 網球

認字！
牛刀小試　唸英文並說出中文意思，對的打 ✓

☐1.ball	☐2.basketball	☐3.baseball
☐4.softball	☐5.dodge ball	☐6.soccer
☐7.tennis	☐8.table tennis	☐9.badminton
☐10.play	☐11.shot	☐12.a good shot

😊 **8.table** [ˈtebl] **tennis** 桌球
  ◆ table桌子
  ◆ 記法：table tennis（桌子網球）= 桌球

😊 **9.badminton** [ˈbædmɪntən] 羽毛球
  ◆ 背法：bad-min-ton

😊 **10.play** [ple] 玩、打（球）、彈（琴）、演（角色）
  ◆ play basketball打籃球

😊 **11.shot** [ʃɑt] 瞄準、射擊

😊 **12.a good shot** 投得準或射得準
  ◆ 記法：a good shot（一個好的投射）
      = 投得準或射得準

背字！
牛刀小試 看中文唸或背或默寫英文，對的打✓

☐1.球   ☐2.籃球   ☐3.棒球
☐4.壘球   ☐5.躲避球   ☐6.足球
☐7.網球   ☐8.桌球   ☐9.羽毛球
☐10.玩、打、彈、演 ☐11.瞄準、射擊   ☐12.投得準或射得準

四、休閒運動 😊 MP3 34

會唸
打✅

😊 **1.go** [go] 去

😊 **2.go fishing** [ˈfɪʃɪŋ] 去釣魚
 ◆ fish [fɪʃ] 魚、釣魚

😊 **3.go skiing** [ˈskiɪŋ] 去滑雪
 ◆ ski [ski] 滑雪

😊 **4.go camping** [ˈkæmpɪŋ] 去露營
 ◆ camp [kæmp] 露營

😊 **5.go shopping** [ˈʃapɪŋ] 去逛街購物
 ◆ shop [ʃap] 購物
 ◆ shop當名詞時，意思是「商店」

😊 **6.go jogging** [ˈdʒagɪŋ] 去慢跑
 ◆ jog [dʒag] 慢跑

認字！
牛刀小試　唸英文並說出中文意思，對的打✓

☐1.go　　　　　☐2.go fishing　　☐3.go skiing
☐4.go camping　☐5.go shopping　☐6.go jogging
☐7.go swimming　☐8.go dancing　　☐9.go hiking
☐10.go biking　　☐11.go mountain climbing

😊 7. go swimming [ˈswɪmɪŋ] 去游泳
◆ swim [swɪm] 游泳

😊 8. go dancing [ˈdænsɪŋ] 去跳舞
◆ dance [dæns] 跳舞

😊 9. go hiking [ˈhaɪkɪŋ] 去健行
◆ hike [haɪk] 健行

😊 10. go biking [ˈbaɪkɪŋ] 去騎腳踏車
◆ bike [baɪk] 腳踏車

😊 11. go mountain [ˈmaʊntən] climbing [ˈklaɪmɪŋ] 去爬山
◆ climb [klaɪm] 爬
◆ mountain 山
◆ 記法：go mountain climbing（去山爬）＝ 去爬山

背字！

牛刀小試 看中文唸或背或默寫英文，對的打 ✓

□1. 去　　　　　　□2. 去釣魚　　　　　□3. 去滑雪
□4. 去露營　　　　□5. 去逛街購物　　　□6. 去慢跑
□7. 去游泳　　　　□8. 去跳舞　　　　　□9. 去健行
□10. 去騎腳踏車　　□11. 去爬山

五、育樂・社團 😊 MP3 35

會唸
打☑

😊 **1.club** [klʌb] 社團、俱樂部

😊 **2.member** [ˋmɛmbɚ] 成員
◆ 背法：mem-ber

😊 **3.party** [ˋpɑrtɪ] 派對、政黨

😊 **4.band** [bænd] 樂隊、樂團

😊 **5.piano** [pɪˋæno] 鋼琴
◆ 背法：pi-ano

😊 **6.xylophone** [ˋzaɪləˏfon] 木琴
◆ 背法：xylo-phone

認字！

牛刀小試　唸英文並說出中文意思，對的打✓

□1.club	□2.member	□3.party
□4.band	□5.piano	□6.xylophone
□7.violin	□8.guitar	□9.flute
□10.drum	□11.magic	□12.mask

😊 **7.violin** [͵vaɪəˋlɪn] 小提琴
  ◆ 背法：vio-lin

😊 **8.guitar** [gɪˋtɑr] 吉他
  ◆ 背法：gui-tar

😊 **9.flute** [flut] 橫笛

😊 **10.drum** [drʌm] 鼓

😊 **11.magic** [ˋmædʒɪk] 魔術

😊 **12.mask** [mæsk] 面具、面罩

背字！

牛刀小試 看中文唸或背或默寫英文，對的打✓

□1.社團、俱樂部	□2.成員	□3.派對、政黨
□4.樂隊、樂團	□5.鋼琴	□6.木琴
□7.小提琴	□8.吉他	□9.橫笛
□10.鼓	□11.魔術	□12.面具、面罩

會唸
打 ✓

😊 **13.CD player** [ˈpleɚ] CD播放機

😊 **14.song** [sɔŋ] 歌
◆ sing [sɪŋ] a song 唱歌

😊 **15.lyrics** [ˈlɪrɪks] 歌詞
◆ 背法：ly-rics

😊 **16.clap** [klæp] 拍手

😊 **17.hop** [hɑp] 蹦跳
◆ hip [hɪp] -hop街舞

😊 **18.ballet** [ˈbæle] 芭蕾舞

認字！

牛刀小試 唸英文並說出中文意思，對的打 ✓

□13.CD player　　□14.song　　□15.lyrics
□16.clap　　　　□17.hop　　　□18.ballet
□19.chess　　　□20.card

19.chess [tʃɛs] 西洋棋

20.card [kɑrd] 卡片
◆ 相關字：cards紙牌遊戲

背字！

牛刀小試 看中文唸或背或默寫英文，對的打ˇ

□13.CD播放機 □14.歌 □15.歌詞
□16.拍手 □17.蹦跳 □18.芭蕾舞
□19.西洋棋 □20.卡片

王老師英語教室 MP3 36

用小故事（做白日夢）記單字

1.老師說，讀英文（**word** [wɜd] 字）是非常
（**important** [ɪmˈpɔrtənt] 重要的）。

2.字讀多了，（**sentence** [ˈsɛntəns] 句子）才看得
懂，所以我平時就多背單字。

3.（**for example** [ɪɡˈzæmpl] 例如）：
（**machine** [məˈʃin] 機器）、
（**robot** [ˈrobət] 機器人）、

4.（**paint** [pent] 油漆）、（**brush** [brʌʃ] 刷子）。

認字！

牛刀小試　唸英文並說出中文意思，對的打 ˇ

☐1.word, important
☐3.for example, machine, robot
☐5.Mr.
☐7.sir
☐8.miss, hello, hi, greet

☐2.sentence
☐4.paint, brush
☐6.Mrs., Ms., Miss

☐9.bow, please, yes

5.另外，老師說，學英文要先學禮貌。所以，我常用
英文（**Mr.** [ˈmɪstə] 先生）、

6.（**Mrs.** [ˈmɪsɪz] 太太）、（**Ms.** [mɪz] 女士）、
（**Miss** [mɪs] 小姐）加上姓，來稱呼人家，

7.例如 Mr.Wang 王先生。若碰到不熟的人，我也會用
（**sir** [sɝ] 先生），

8.或（**miss** 小姐）或（**hello** [həˈlo] 哈囉
hi [haɪ] 嗨）來（**greet** [grit] 打招呼）。

9.我也習慣向人（**bow** [baʊ] 鞠躬），並常說
（**please** [pliz] 請）和（**yes** [jɛs] 是的）。

背字！

牛刀小試　看中文唸或背或默寫英文，對的打 ✓

☐1.字，重要的　　　　　　☐2.句子
☐3.例如，機器，機器人　　☐4.油漆，刷子
☐5.先生
☐7.先生　　　　　　　　　☐6.太太，女士，小姐
☐8.小姐，哈囉，嗨，打招呼　☐9.鞠躬，請，是的

10.道別時，我也會記得說（**good-bye** [gʊdˈbaɪ] 再見）。

11.大家都稱讚我，說我是（**polite** [pəˈlaɪt] 有禮貌的）孩子。

12.媽媽為了（**cheer** [tʃɪr] 鼓勵）我，

13.送我（**gift** [gɪft]、**present** [ˈprɛzənt] 禮物）。

14.爸爸也送我價值（**million** [ˈmɪljən] 百萬）的腳踏車。

15.哥哥帶我去（**picnic** [ˈpɪknɪk] 野餐），姐姐為我辦（**party** [ˈpɑrtɪ] 派對）。

16.班上同學則（**invite** [ɪnˈvaɪt] 邀請）我去看（**concert** [ˈkɑnsət] 演唱會）。

認字！
牛刀小試 唸英文並說出中文意思，對的打 ✓

- □10.good-bye
- □11.polite
- □12.cheer
- □13.gift, present
- □14.million
- □15.picnic, party
- □16.invite, concert
- □17.Guess what
- □18.dear, hug, kiss
- □19.joy
- □20.prize
- □21.dream
- □22.miss, part
- □23.diary, page 1

17.（**Guess** [gɛs] **what** [hwɑt]？猜猜什麼來著？你知道嗎？）

18.我的（**dear** [dɪr] 親愛的）情侶還（**hug** [hʌg] 擁抱）我、（**kiss** [kɪs] 吻）我呢！

19.我的心情充滿了（**joy** [dʒɔɪ] 高興、喜悅）。

20.我在想，讀好英文、有禮貌就有這麼好的（**prize** [praɪz] 獎賞）嗎？

21.「起床！」是媽媽在叫我起床，原來這只是（**dream** [drim] 夢）一場。

22.我很（**miss** [mɪs] 懷念）這一場夢，所以我把這（**part** [pɑrt] 部分），

23.寫在（**diary** [ˈdaɪərɪ] 日記）的（**page** [pedʒ] 1第一頁）。

背字！

牛刀小試 看中文唸或背或默寫英文，對的打 ✓

□10.再見　　　□11.有禮貌的　　□12.鼓勵
□13.禮物　　　□14.百萬　　　　□15.野餐，派對
□16.邀請，演唱會　□17.猜猜什麼來著？你知道嗎？
□18.親愛的，擁抱，吻
□20.獎賞　　　□21.夢
□19.高興、喜悅
□22.懷念，部分
□23.日記，第一頁

王老師英語教室

用「長輩的叮嚀」記單字

1. Time flies. 時光飛逝。（**flies** [flaɪz] 飛，是fly的y 改i再加es），

2. 每個人的（**life** [laɪf] 生活、生命）是很有限、很短暫的，

3. 你一定要好好（**decide** [dɪˋsaɪd] 決定）自己要走的路，

4. 要聽父母、老師的話，（**study** [ˋstʌdɪ] **hard** [hard] 努力讀書），

5. 畢業以後，要好好（**choose** [tʃuz] 選擇），

6. 適合的（**career** [kəˋrɪr] 職業）和（**job** [dʒab] 工作），

7. 在職場一定要（**work** [wɜk] **hard** 努力工作），

認字！

牛刀小試 唸英文並說出中文意思，對的打✓

☐1. flies   ☐2. life   ☐3. decide
☐4. study hard   ☐5. choose   ☐6. career, job
☐7. work hard   ☐8. hard-working
☐9. habit, hobby   ☐10. nature   ☐11. pray
☐12. god, power   ☐13. chance   ☐14. opportunity
☐15. great

8.做一個（**hard-working** [ˈwɝkɪŋ] 努力的、勤奮的）人，

9.平時，多培養好的（**habit** [ˈhæbɪt] 習慣）和（**hobby** [ˈhɑbɪ] 嗜好），

10.待人處事則順乎（**nature** [ˈnetʃə] 自然、天性），

11.若有信仰，可以常常（**pray** [pre] 祈禱），

12.祈求（**god** [ɡɑd] 神明）賜你（**power** [ˈpauə] 力量），

13.將來一定有人會賞識你，給你（**chance** [tʃæns] 機會），

14.蒼天有眼，也會賜給你（**opportunity** [ˌɑpəˈtjunətɪ] 機會），

15.你的一生將是（**great** [ɡret] 棒的、偉大的、極好的）。

背字！

牛刀小試 看中文唸或背或默寫英文，對的打 ✓

□1.飛　　　　　□2.生活、生命　　□3.決定
□4.努力讀書　　□5.選擇　　　　　□6.職業，工作
□7.努力工作　　□8.努力的、勤奮的
□9.習慣，嗜好　□10.自然、天性　　□11.祈禱
□12.神明，力量　□13.機會　　　　　□14.機會
□15.棒的、偉大的、極好的

PART 6

飲　食

一、食物（肉類）😊 MP3 38

會唸
打✅

😊 **1.food** [fud] 食物

😊 **2.fast** [fæst] **food** 速食
◆ fast快的

😊 **3.sweet** [swit] **food** 甜食
◆ sweet甜的

😊 **4.hungry** [ˈhʌŋgrɪ] 餓的

😊 **5.eat** [it] 吃

😊 **6.thirsty** [ˈθɝstɪ] 渴的
◆ 易混淆字：thirty [ˈθɝtɪ] 三十

😊 **7.drink** [drɪŋk] 喝

認字！
牛刀小試　唸英文並說出中文意思，對的打 ✓

☐1.food	☐2.fast food	☐3.sweet food
☐4.hungry	☐5.eat	☐6.thirsty
☐7.drink	☐8.full	☐9.meat
☐10.pork	☐11.beef	☐12.steak
☐13.chicken	☐14.fish	

😊 **8.full** [fʊl] 飽的、滿的

😊 **9.meat** [mit] 肉

😊 **10.pork** [pork] 豬肉

😊 **11.beef** [bif] 牛肉

😊 **12.steak** [stek] 牛排

😊 **13.chicken** [ˈtʃɪkən] 雞、雞肉

😊 **14.fish** [fɪʃ] 魚、魚肉

背字！

牛刀小試 看中文唸或背或默寫英文，對的打 ✓

□1.食物	□2.速食	□3.甜食
□4.餓的	□5.吃	□6.渴的
□7.喝	□8.飽的、滿的	□9.肉
□10.豬肉	□11.牛肉	□12.牛排
□13.雞、雞肉	□14.魚、魚肉	

二、食物（蔬果）　😊 MP3 39

會唸
打 ✅

😈 **1.fruit** [frut] 水果

😈 **2.apple** [ˈæpl̩] 蘋果

😈 **3.pineapple** [ˈpaɪnˌæpl̩] 鳳梨
◆ 相關字：pine [paɪn] 松樹（松果外皮和鳳梨外皮相同）

😈 **4.lemon** [ˈlɛmən] 檸檬

😈 **5.orange** [ˈɔrɪndʒ] 柳橙

😈 **6.tangerine** [ˈtændʒəˌrin] 橘子
◆ 背法：tan-ge-rine

😈 **7.banana** [bəˈnænə] 香蕉

認字！
牛刀小試 唸英文並說出中文意思，對的打 ˅

☐1.fruit	☐2.apple	☐3.pineapple
☐4.lemon	☐5.orange	☐6.tangerine
☐7.banana	☐8.tomato	☐9.grape
☐10.peach	☐11.pear	☐12.papaya
☐13.strawberry	☐14.watermelon	

😊 **8.tomato** [təˋmeto] 蕃茄

😊 **9.grape** [grep] 葡萄

😊 **10.peach** [pitʃ] 桃子

😊 **11.pear** [pɛr]（西洋）梨

😊 **12.papaya** [pəˋpaiə] 木瓜

😊 **13.strawberry** [ˋstrɔ͵bɛrɪ] 草莓
　◆ 相關字：straw [strɔ] 稻草、吸管
　◆ 相關字：berry [ˋbɛrɪ] 漿果、莓果

😊 **14.watermelon** [ˋwɔtɚ͵mɛlən] 西瓜
　◆ 相關字：water [ˋwɔtɚ] 水
　◆ 相關字：melon [ˋmɛlən] 瓜

背字！

牛刀小試 看中文唸或背或默寫英文，對的打ˇ

□1.水果	□2.蘋果	□3.鳳梨
□4.檸檬	□5.柳橙	□6.橘子
□7.香蕉	□8.蕃茄	□9.葡萄
□10.桃子	□11.（西洋）梨	□12.木瓜
□13.草莓	□14.西瓜	

會唸
打✔

😊 **15.guava** [ˈgwɑvə] 蕃石榴、芭樂

😊 **16.mango** [ˈmæŋgo] 芒果

😊 **17.jam** [dʒæm] 果醬

😊 **18.vegetable** [ˈvɛdʒətəbl] 蔬菜
◆ 相關字：table [ˈtəbl] 桌子

😊 **19.lettuce** [ˈlɛtɪs] 萵苣、生菜
◆ 背法：le-ttuce

😊 **20.pumpkin** [ˈpʌmpkɪn] 南瓜
◆ 背法：pump-kin
◆ pumpkin pie [paɪ] 南瓜派

認字！
牛刀小試　唸英文並說出中文意思，對的打✓

□15.guava 　　□16.mango 　　□17.jam
□18.vegetable 　□19.lettuce 　□20.pumpkin
□21.corn 　　　□22.bean

😊 **21.corn** [kɔrn] 玉米
◆ 相關字：popcorn [ˈpɑpˌkɔrn] 爆米花

😊 **22.bean** [bin] 豆子

背字！

牛刀小試 看中文唸或背或默寫英文，對的打✓

□15.蕃石榴、芭樂 □16.芒果　　　□17.果醬
□18.蔬菜　　　　□19.萵苣、生菜　□20.南瓜
□21.玉米　　　　□22.豆子

三、食物（飲料） 😊 MP3 40

會唸
打 ✔

😊 **1.drinks** [drɪŋks] 飲料
◆ drink當動詞時，意思是「喝」

😊 **2.water** [ˈwɔtə] 水

😊 **3.tea** [ti] 茶

😊 **4.coffee** [ˈkɔfɪ] 咖啡

😊 **5.cola** [ˈkolə] 可樂

😊 **6.milk** [mɪlk] 牛奶

😊 **7.milk shake** [ʃek] 奶昔

😊 **8.ice** [aɪs] 冰

認字！

牛刀小試　唸英文並說出中文意思，對的打 ✔

☐1.drinks	☐2.water	☐3.tea
☐4.coffee	☐5.cola	☐6.milk
☐7.milk shake	☐8.ice	☐9.ice cream
☐10.juice	☐11.soup	☐12.beer

9.ice cream [krim] 冰淇淋

10.juice [dʒus] 果汁

11.soup [sup] 湯

12.beer [bɪr] 啤酒

背字！

牛刀小試 看中文唸或背或默寫英文，對的打ˇ

□1.飲料	□2.水	□3.茶
□4.咖啡	□5.可樂	□6.牛奶
□7.奶昔	□8.冰	□9.冰淇淋
□10.果汁	□11.湯	□12.啤酒

四、正餐 😊 MP3 41

會唸
打✅

😊 **1.breakfast** [ˈbrɛkfəst] 早餐
◆ 記法：b肚子向右是早餐

😊 **2.lunch** [lʌntʃ] 中餐
◆ 記法：l在中線是中餐

😊 **3.dinner** [ˈdɪnə] 晚餐
◆ 記法：d肚子向左是晚餐

😊 **4.meal** [mil] 一餐

😊 **5.today's** [təˈdez] **special** [ˈspɛʃəl] 今日特餐
◆ today's今日的
◆ special特別的、特別的人或東西
◆ 記法：today's special（今日的特別）＝ 今日特餐

😊 **6.order** [ˈɔrdə] 點菜、點餐
◆ order另有「命令、訂購」的意思

認字！

牛刀小試 唸英文並說出中文意思，對的打ˇ

□1.breakfast	□2.lunch	□3.dinner
□4.meal	□5.today's special	□6.order
□7.menu	□8.eat in	□9.eat out
□10.for here	□11.to go	

7.menu [ˈmɛnju] 菜單

8.eat [it] **in** [ɪn] 在家吃
- ◆ eat吃
- ◆ in在內

9.eat out [aut] 在外面吃
- ◆ out在外

10.for [fɔr] **here** [hɪr] 內用
- ◆ here在這兒

11.to go [go] 外帶
- ◆ go去、離去

背字！

牛刀小試 看中文唸或背或默寫英文，對的打✓

□1.早餐	□2.中餐	□3.晚餐
□4.一餐	□5.今日特餐	□6.點菜、點餐
□7.菜單	□8.在家吃	□9.在外面吃
□10.內用	□11.外帶	

五、主食 😊 MP3 42

會唸
打✅

😊 **1.rice** [raɪs] 米、飯

😊 **2.fried** [fraɪd] **rice** 炒飯
◆ fried煎的、炸的

😊 **3.flour** [flaur] 麵粉

😊 **4.noodle** [ˋnudl̩] 麵條

😊 **5.spaghetti** [spəˋgɛtɪ] 義大利麵（細長型的）
◆ 背法：spa-ghe-tti

😊 **6.bread** [brɛd] 麵包

😊 **7.bun** [bʌn] 小圓麵包

認字！

牛刀小試 唸英文並說出中文意思，對的打✓

☐1.rice ☐2.fried rice ☐3.flour
☐4.noodle ☐5.spaghetti ☐6.bread
☐7.bun ☐8.toast ☐9.ham
☐10.hamburger ☐11.sandwich ☐12.dumpling
☐13.pizza

😊 **8.toast** [tost] 吐司

😊 **9.ham** [hæm] 火腿

😊 **10.hamburger** [ˈhæmbɚgɚ] 漢堡
◆ 背法：ham-bur-ger

😊 **11.sandwich** [ˈsændwɪtʃ] 三明治
◆ 背法：sand-wich

😊 **12.dumpling** [ˈdʌmplɪŋ] 餃子
◆ 背法：dump-ling

😊 **13.pizza** [ˈpitsə] 披薩

背字！

牛刀小試 看中文唸或背或默寫英文，對的打 ✓

☐ 1.米、飯　　☐ 2.炒飯　　　　☐ 3.麵粉
☐ 4.麵條　　　☐ 5.義大利麵　　☐ 6.麵包
☐ 7.小圓麵包　☐ 8.吐司　　　　☐ 9.火腿
☐ 10.漢堡　　　☐ 11.三明治　　　☐ 12.餃子
☐ 13.披薩

六、副食・點心 😀 MP3 43

會唸
打✅

😀 **1.egg** [ɛg] 蛋

😀 **2.salad** [ˋsæləd] 沙拉

😀 **3.tofu** [ˋtoˋfu] 豆腐

😀 **4.snack** [snæk] 點心

😀 **5.dessert** [dɪˋzɝt] 甜點

😀 **6.fried** [fraɪd] **chicken** 炸雞
  ◆ fried煎的、炸的

😀 **7.French** [frɛntʃ] **fries** [fraɪz] 薯條
  ◆ French法國的

😀 **8.cake** [kek] 蛋糕

😀 **9.moon** [mun] **cake** 月餅
  ◆ moon月亮

😀 **10.cookie** [ˋkʊkɪ] 餅干

認字！

牛刀小試　唸英文並說出中文意思，對的打 ✓

☐1.egg	☐2.salad	☐3.tofu
☐4.snack	☐5.dessert	☐6.fried chicken
☐7.French fries	☐8.cake	☐9.moon cake
☐10.cookie	☐11.candy	☐12.chocolate
☐13.hot dog	☐14.cheese	☐15.butter

😊 **11.candy** [ˈkændɪ] 糖果

😊 **12.chocolate** [ˈtʃɔkəlɪt] 巧克力
◆ 背法：choco-late

😊 **13.hot** [hɑt] **dog** [dɔg] 熱狗
◆ hot熱的

😊 **14.cheese** [tʃiz] 乳酪、起司

😊 **15.butter** [ˈbʌtɚ] 奶油

背字！

牛刀小試 看中文唸或背或默寫英文，對的打 ˇ

☐1.蛋	☐2.沙拉	☐3.豆腐
☐4.點心	☐5.甜點	☐6.炸雞
☐7.薯條	☐8.蛋糕	☐9.月餅
☐10.餅干	☐11.糖果	☐12.巧克力
☐13.熱狗	☐14.乳酪、起司	☐15.奶油

七、做菜・調味料・餐具 😀 MP3 44

會唸
打✅

😊 **1.cook** [kʊk] 做菜、烹調、廚師
◆ cook當名詞時，意思是「廚師」

😊 **2.cooker** [ˈkʊkə] 炊具、烹調器具

😊 **3.pot** [pɑt] 鍋、盆

😊 **4.lid** [lɪd] 蓋子

😊 **5.burn** [bɜn] 燒

😊 **6.roast** [rost] 烤

😊 **7.bake** [bek] 烘
◆ 相關字：bakery [ˈbekərɪ] 麵包店、糕餅店

認字！

牛刀小試 唸英文並說出中文意思，對的打✓

☐1.cook		☐2.cooker
☐3.pot	☐4.lid	☐5.burn
☐6.roast	☐7.bake	☐8.boil
☐9.fry	☐10.steam	☐11.oil
☐12.salt	☐13.sugar	☐14.bowl

8.boil [bɔɪl] 煮、燉

9.fry [fraɪ] 煎、炸

10.steam [stim] 蒸
◆ steam當名詞時，意思是「蒸汽」

11.oil [ɔɪl] 油

12.salt [sɔlt] 鹽

13.sugar [ˈʃʊgə] 糖

14.bowl [bol] 碗

背字！

牛刀小試　看中文唸或背或默寫英文，對的打✓

□1.做菜、烹調、廚師	□2.炊具、烹調器具
□3.鍋、盆　　□4.蓋子	□5.燒
□6.烤　　　　□7.烘	□8.煮、燉
□9.煎、炸　　□10.蒸	□11.油
□12.鹽　　　　□13.糖	□14.碗

會唸
打✅

😊 **15.chopsticks** [ˈtʃɑp͵stɪks] 筷

◆ 背法chop-sticks

😊 **16.spoon** [spun] 湯匙

😊 **17.knife** [naɪf] 刀

😊 **18.fork** [fɔrk] 叉

😊 **19.cup** [kʌp] 杯

😊 **20.glass** [glæs] 玻璃杯

😊 **21.straw** [strɔ] 吸管、稻草

😊 **22.dish** [dɪʃ] 盤、碟

認字！

牛刀小試 唸英文並說出中文意思，對的打✓

□15.chopsticks　　□16.spoon　　□17.knife
□18.fork　　　　　□19.cup　　　□20.glass
□21.straw　　　　□22.dish

背字！

牛刀小試 看中文唸或背或默寫英文，對的打∨

□15.筷	□16.湯匙	□17.刀
□18.叉	□19.杯	□20.玻璃杯
□21.吸管、稻草	□22.盤、碟	

八、感覺・味道 😊 MP3 45

會唸
打 ✅

😊 **1.smell** [smɛl] 聞、聞起來
◆ smell當名詞時，意思是「氣味」

😊 **2.taste** [test] 嚐、嚐起來
◆ taste當名詞時，意思是「味道」

😊 **3.delicious** [dɪˈlɪʃəs] 美味的
◆ 背法：deli-cious

😊 **4.yummy** [ˈjʌmɪ] 好吃的

😊 **5.sour** [saʊr] 酸的

😊 **6.sweet** [swit] 甜的

😊 **7.bitter** [ˈbɪtə] 苦的

認字！
牛刀小試 唸英文並說出中文意思，對的打 ˇ

☐1.smell	☐2.taste	☐3.delicious
☐4.yummy	☐5.sour	☐6.sweet
☐7.bitter	☐8.spicy	☐9.salty

😊 **8.spicy** [ˈspaɪsɪ] 辣的

😊 **9.salty** [ˈsɔltɪ] 鹹的

背字！

牛刀小試 看中文唸或背或默寫英文，對的打 ✓

□1.聞、聞起來	□2.嚐、嚐起來	□3.美味的
□4.好吃的	□5.酸的	□6.甜的
□7.苦的	□8.辣的	□9.鹹的

NOTE

PART 7
人・自然

一、人　😊MP3 46

會唸
打✅

😊 **1. people** [ˈpipḷ] 人
◆ 同義字：person [ˈpɝsṇ]

😊 **2. guy** [gaɪ] 人、傢伙、大夥
◆ you guys 你們

😊 **3. ghost** [gost] 鬼、幽靈

😊 **4. man** [mæn] 男人
◆ 複數：men [mɛn]
◆ 相關字：gentleman [ˈdʒɛntḷmən] 紳士、男士

😊 **5. woman** [ˈwʊmən] 女人
◆ 複數：women [ˈwɪmən]
◆ 相關字：lady [ˈledɪ] 女士、夫人

😊 **6. boy** [bɔɪ] 男孩

認字！

牛刀小試　唸英文並說出中文意思，對的打✓

☐ 1. people　☐ 2. guy
☐ 3. ghost　☐ 4. man　☐ 5. woman
☐ 6. boy　☐ 7. girl　☐ 8. host
☐ 9. guest　☐ 10. boss　☐ 11. secretary
☐ 12. clerk

☺ **7.girl** [gɝl] 女孩

☺ **8.host** [host]（宴客之）主人

☺ **9.guest** [gɛst] 客人

☺ **10.boss** [bɔs] 老闆
◆ 同義字：master [ˈmæstɚ] 雇主、老闆

☺ **11.secretary** [ˈsɛkrəˌtɛrɪ] 祕書
◆ 相關字：secret [ˈsikrɪt] 祕密
◆ 背法：secre-tary

☺ **12.clerk** [klɝk] 店員、櫃檯員

背字！
牛刀小試　看中文唸或背或默寫英文，對的打✓

□1.人　　　　　　□2.人、傢伙、大夥
□3.鬼、幽靈　　　□4.男人　　　　□5.女人
□6.男孩　　　　　□7.女孩　　　　□8.（宴客之）主人
□9.客人　　　　　□10.老闆　　　　□11.祕書
□12.店員、櫃檯員

會唸
打✅

😊 **13. business** [ˈbɪznɪs] 生意
- ◆ 相關字：busy [ˈbɪzɪ] 忙的
- ◆ 記法：busy – y + i + ness = business
- ◆ 背法：busi-ness

😊 **14. businessman** [ˈbɪznɪsˌmən] 生意人

😊 **15. soldier** [ˈsoldʒə] 軍人

😊 **16. giant** [ˈdʒaɪənt] 巨人
- ◆ giant當形容詞時，意思是「龐大的」

😊 **17. king** [kɪŋ] 國王

😊 **18. queen** [kwin] 皇后

認字！
牛刀小試　唸英文並說出中文意思，對的打✓

- ☐ 13. business
- ☐ 14. businessman
- ☐ 15. soldier
- ☐ 16. giant
- ☐ 17. king
- ☐ 18. queen
- ☐ 19. prince
- ☐ 20. princess

😊 **19.prince** [prɪns] 王子

😊 **20.princess** [ˈprɪnsɪs] 公主

背字！

牛刀小試 看中文唸或背或默寫英文，對的打 ✓

□13.生意	□14.生意人	□15.軍人
□16.巨人	□17.國王	□18.皇后
□19.王子	□20.公主	

二、人・物 😊 MP3 47

> 王老師小叮嚀
>
> 動詞的字尾加上r或er或or或ist後，常變成「人或物」。

會唸
打✓

😊 **1.lover** [ˈlʌvə] 愛人
- ◆ love [lʌv] 愛
- ◆ 記法：love + r = lover

😊 **2.writer** [ˈraɪtə] 作者、作家
- ◆ write [raɪt] 寫
- ◆ 記法：write + r = writer

😊 **3.dancer** [ˈdænsə] 舞者
- ◆ dance [dæns] 跳舞
- ◆ 記法：dance + r = dancer

😊 **4.driver** [ˈdraɪvə] 司機
- ◆ drive [draɪv] 駕（車）
- ◆ 記法：drive + r = driver

😊 **5.stranger** [ˈstrendʒə] 陌生人
- ◆ strange [strendʒ] 奇怪的、陌生的
- ◆ 記法：strange + r = stranger

認字！

牛刀小試 唸英文並說出中文意思，對的打 ✓

□1.lover	□2.writer	□3.dancer
□4.driver	□5.stranger	□6.officer
□7.loser	□8.winner	□9.sitter
□10.baby sitter	□11.teacher	

6.officer [ˈɔfəsə] 公務員、職員
- office [ˈɔfɪs] 辦公室
- 記法：office + r = officer

7.loser [ˈluzə] 輸者、失敗者
- lose [luz] 失去、輸掉
- 記法：lose + r = loser

8.winner [ˈwɪnə] 贏者、獲勝者
- win [wɪn] 贏
- 記法：win + n + er = winner

9.sitter [ˈsɪtə] 坐者、看護者
- sit [sɪt] 坐
- 記法：sit + t + er = sitter

10.baby [ˈbebɪ] **sitter** [ˈsɪtə] 臨時褓姆
- baby 嬰兒
- 記法：baby sitter（嬰兒看護者）= 臨時褓姆

11.teacher [ˈtitʃə] 教者、教師
- teach [titʃ] 教
- 記法：teach + er = teacher

背字！

牛刀小試 看中文唸或背或默寫英文，對的打✓

□1.愛人　　　　□2.作者、作家　　□3.舞者
□4.司機　　　　□5.陌生人　　　　□6.公務員、職員
□7.輸者、失敗者　□8.贏者、獲勝者　□9.坐者、看護者
□10.臨時褓姆　　□11.教者、教師

會唸
打 ✅

🙂 **12.singer** [ˈsɪŋɚ] 歌者、歌手
- ◆ sing [sɪŋ] 唱
- ◆ 記法：sing + er = singer

🙂 **13.player** [ˈpleɚ] 選手、琴師
- ◆ play [ple] 玩、打（球）、彈（琴）
- ◆ 記法：play + er = player

🙂 **14.leader** [ˈlidɚ] 領導者、領袖
- ◆ lead [lid] 引導、領導
- ◆ 記法：lead + er = leader

🙂 **15.worker** [ˈwɜkɚ] 工人、員工
- ◆ work [wɜk] 工作
- ◆ 記法：work + er = worker

🙂 **16.reporter** [rɪˈportɚ] 記者
- ◆ report [rɪˈport] 報導
- ◆ 記法：report + er = reporter

🙂 **17.foreigner** [ˈfɔrɪnɚ] 外國人
- ◆ foreign [ˈfɔrɪn] 外國的
- ◆ 記法：foreign + er = foreigner

認字！

牛刀小試　唸英文並說出中文意思，對的打 ✓

□12.singer	□13.player	□14.leader
□15.worker	□16.reporter	□17.foreigner
□18.farmer	□19.fisherman	□20.waiter
□21.waitress	□22.keeper	
□23.shopkeeper		

😊 **18.farmer** [ˈfɑrmɚ] 農夫
 ◆ farm [fɑrm] 農田
 ◆ 記法：farm + er = farmer

😊 **19.fisherman** [ˈfɪʃəˌmən] 漁夫
 ◆ fish [fɪʃ] 魚
 ◆ 記法：fish + er + man = fisherman

😊 **20.waiter** [ˈwetɚ] 服務生（男）
 ◆ wait [wet] 等
 ◆ 記法：wait + er = waiter

😊 **21.waitress** [ˈwetrɪs] 女服務生
 ◆ wait [wet] 等
 ◆ 記法：wait + ress = waitress

😊 **22.keeper** [ˈkipɚ] 保持者、管理人
 ◆ keep [kip] 保持、管理
 ◆ 記法：keep + er = keeper

😊 **23.shopkeeper** 店主
 ◆ shop [ʃɑp] 店
 ◆ 記法：shopkeeper（店管理人）= 店主

背字！

牛刀小試 看中文唸或背或默寫英文，對的打ˇ

□12.歌者、歌手　　□13.選手、琴師　　□14.領導者、領袖
□15.工人、員工　　□16.記者　　　　　□17.外國人
□18.農夫　　　　　□19.漁夫　　　　　□20.服務生（男）
□21.女服務生　　　□22.保持者、管理人
□23.店主

會唸
打✓

😊 **24.housekeeper** 主婦、女管家
◆ house [haus] 房子、家
◆ 記法：housekeeper（家管理人）= 主婦、女管家

😊 **25.owner** [ˋonɚ] 物主、所有人
◆ own [on] 擁有
◆ 記法：own + er = owner（擁有者）= 物主、所有人

😊 **26.lawyer** [ˋlɔjɚ] 律師
◆ law [lɔ] 法律
◆ 記法：law + y + er = lawyer

😊 **27.partner** [ˋpartnɚ] 伙伴、合夥人
◆ part [part] 部分
◆ 記法：part + n + er = partner

😊 **28.passenger** [ˋpæsəndʒɚ] 乘客
◆ pass [pæs] 通過
◆ 記法：pass + enger = passenger（通過者）= 乘客

認字！
牛刀小試 唸英文並說出中文意思，對的打 ✓

☐24.housekeeper　☐25.owner　　　☐26.lawyer
☐27.partner　　　☐28.passenger　☐29.carrier
☐30.mail carrier　☐31.salesman
☐32.artist　　　　☐33.tourist

29.carrier [ˈkærɪɚ] 運送人
- carry [ˈkærɪ] 攜帶
- 記法：carry – y + ier = carrier

30.mail carrier 郵差
- mail [mel] 郵件
- 同義字：mailman [ˈmel,mæn]
- 記法：mail carrier（郵件運送人）＝郵差

31.salesman [ˈselzmən] 推銷員、業務員
- sale [sel] 拍賣

32.artist [ˈartɪst] 藝術家、藝人
- art [art] 美術、藝術
- 記法：art + ist = artist

33.tourist [ˈturɪst] 旅行者、觀光客
- tour [tur] 旅行
- 記法：tour + ist = tourist

背字！

牛刀小試 看中文唸或背或默寫英文，對的打 ✓

□24.主婦、女管家 □25.物主、所有人 □26.律師
□27.伙伴、合夥人 □28.乘客　　　□29.運送人
□30.郵差　　　　□31.推銷員、業務員
□32.藝術家、藝人 □33.旅行者、觀光客

會唸
打✅

😊 **34. inventor** [ɪnˈvɛntə] 發明家
◆ invent [ɪnˈvɛnt] 發明
◆ 記法：invent + or = inventor

😊 **35. actor** [ˈæktə] 演員（男）
◆ act [ækt] 行動、表現
◆ 記法：act + or = actor

😊 **36. actress** [ˈæktrɪs] 女演員
◆ 記法：act + ress = actress

😊 **37. blender** [ˈblɛndə] 攪拌機、果汁機
◆ blend [blɛnd] 攪拌
◆ 記法：blend + er = blender

😊 **38. computer** [kəmˈpjutə] 計算機、電腦
◆ compute [kəmˈpjut] 計算
◆ 記法：compute + r = computer

認字！

牛刀小試　唸英文並說出中文意思，對的打ˇ

☐34. inventor　　☐35. actor　　　☐36. actress
☐37. blender　　☐38. computer
☐39. counter　　☐40. refrigerator
☐41. cooker　　　☐42. engineer
☐43. fighter

😊 **39.counter** [ˈkaʊntə] 結算者、付款處、櫃檯
◆ count [kaʊnt] 數
◆ 記法：count + er = counter

😊 **40.refrigerator** [rɪˈfrɪdʒəˌretə] 電冰箱
◆ refrigerate [rɪˈfrɪdʒəˌret] 冷藏
◆ 記法：refrigerate - e + or = refrigerator

😊 **41.cooker** [ˈkʊkə] 炊具、烹調器具
◆ cook [kʊk] 做菜、烹調、廚師
◆ 記法：cook + er = cooker

😊 **42.engineer** [ˌɛndʒəˈnɪr] 工程師
◆ engine [ˈɛndʒən] 引擎
◆ 記法：engine + er = engineer

😊 **43.fighter** [ˈfaɪtə] 戰士
◆ fight [faɪt] 戰鬥、打架
◆ 記法：fight + er = fighter

背字！

牛刀小試 看中文唸或背或默寫英文，對的打 ˇ

□34.發明家　　　□35.演員（男）　　□36.女演員
□37.攪拌機、果汁機　　　　　　　　□38.計算機、電腦
□39.結算者、付款處、櫃檯　　　　　□40.電冰箱
□41.炊具、烹調器具　　　　　　　　□42.工程師
□43.戰士

會唸
打✅

😊 **44.fire** [faɪr] **fighter** 消防員
◆ fire火
◆ 記法：fire fighter（火的戰士）= 消防員

😊 **45.pitcher** [ˋpɪtʃə] 投手
◆ pitch [pɪtʃ] 投
◆ 記法：pitch + er = pitcher

😊 **46.catcher** [ˋkætʃə] 捕手
◆ catch [kætʃ] 捉、接
◆ 記法：catch + er = catcher

😊 **47.hunter** [ˋhʌntə] 獵人
◆ hunt [hʌnt] 打獵
◆ 記法：hunt + er = hunter

😊 **48.recorder** [rɪˋkɔrdə] 錄音機
◆ record [rɪˋkɔrd] 紀錄、錄音
◆ 記法：record + er = recorder

認字！
牛刀小試 唸英文並說出中文意思，對的打 ˇ

☐44.fire fighter	☐45.pitcher	☐46.catcher
☐47.hunter	☐48.recorder	☐49.drawer
☐50.beginner	☐51.starter	

😊 **49.drawer** [ˋdrɔɚ] 抽屜
◆ draw [drɔ] 拉、畫畫
◆ 記法：draw + er = drawer

😊 **50.beginner** [bɪˋgɪnɚ] 新手、初學者
◆ begin [bɪˋgɪn] 開始
◆ 記法：begin + n + er = beginner

😊 **51.starter** [ˋstartɚ] 啟動器（電器）
◆ start [start] 開始
◆ 記法：start + er = starter

背字！

牛刀小試　看中文唸或背或默寫英文，對的打✓

□44.消防員　　□45.投手　　　□46.捕手
□47.獵人　　　□48.錄音機　　□49.抽屜
□50.新手、初學者□51.啟動器（電器）

三、動物 😊 MP3 48

👨‍🏫 **王老師小叮嚀**

依空中動物、水中動物、地面動物分類,方便記憶。

會唸
打✅

😊 **1.zoo** [zu] 動物園

😊 **2.animal** [ˈænəml] 動物
◆ 背法:ani-mal

空中動物

😊 **3.bird** [bɜd] 鳥

😊 **4.bat** [bæt] 蝙蝠

😊 **5.bee** [bi] 蜜蜂

😊 **6.butterfly** [ˈbʌtɚˌflaɪ] 蝴蝶
◆ 相關字:butter牛油
◆ 相關字:fly飛、蒼蠅

😊 **7.eagle** [ˈigl] 鷹

認字!
牛刀小試　唸英文並說出中文意思,對的打✔

☐1.zoo	☐2.animal	☐3.bird
☐4.bat	☐5.bee	☐6.butterfly
☐7.eagle	☐8.fish	☐9.frog
☐10.hippo	☐11.whale	☐12.shark
☐13.aquarium	☐14.elephant	☐15.dragon

水中動物

😊 **8.fish** [fɪʃ] 魚

😊 **9.frog** [frag] 青蛙

😊 **10.hippo** [ˈhɪpo] 河馬

😊 **11.whale** [hwel] 鯨魚

😊 **12.shark** [ʃark] 鯊魚

😊 **13.aquarium** [əˈkwɛrɪəm] 水族館、魚池
　◆ 背法：a-qua-rium

地面動物

😊 **14.elephant** [ˈɛləfənt] 象
　◆ 背法：ele-phant

😊 **15.dragon** [ˈdrægən] 龍
　◆ 背法：dra-gon

背字！
牛刀小試 看中文唸或背或默寫英文，對的打 ✓

□1.動物園	□2.動物	□3.鳥
□4.蝙蝠	□5.蜜蜂	□6.蝴蝶
□7.鷹	□8.魚	□9.青蛙
□10.河馬	□11.鯨魚	□12.鯊魚
□13.水族館、魚池	□14.象	□15.龍

會唸
打✅

😀 **16.bear** [bɛr] 熊

😀 **17.koala** [koˋɑlə] 無尾熊

😀 **18.panda** [ˋpændə] 貓熊

😀 **19.lion** [ˋlaɪən] 獅子

😀 **20.tiger** [ˋtaɪgə] 老虎

😀 **21.horse** [hɔrs] 馬

😀 **22.zebra** [ˋzibrə] 斑馬

😀 **23.ox** [ɑks] 公牛

認字！

牛刀小試　唸英文並說出中文意思，對的打✓

□16.bear	□17.koala	□18.panda
□19.lion	□20.tiger	□21.horse
□22.zebra	□23.ox	□24.cow
□25.sheep	□26.goat	□27.fox
□28.pig		

😊 **24.cow** [kaʊ] 母牛

😊 **25.sheep** [ʃip] 羊

😊 **26.goat** [got] 山羊

😊 **27.fox** [fɑks] 狐狸

😊 **28.pig** [pɪg] 豬

背字！

牛刀小試 看中文唸或背或默寫英文，對的打ㄑ

□16.熊	□17.無尾熊	□18.貓熊
□19.獅子	□20.老虎	□21.馬
□22.斑馬	□23.公牛	□24.母牛
□25.羊	□26.山羊	□27.狐狸
□28.豬		

四、陸地動物 😃 MP3 49

會唸
打 ✓

😊 **1.monkey** [ˈmʌŋkɪ] 猴子

😊 **2.cat** [kæt] 貓

😊 **3.dog** [dɔg] 狗

😊 **4.puppy** [ˈpʌpɪ] 小狗

😊 **5.stray** [streˈ] **dog** 流浪狗
  ◆ stray迷路、遊蕩

😊 **6.guide** [gaɪd] **dog** 導盲犬
  ◆ guide嚮導

😊 **7.turkey** [ˈtɝkɪ] 火雞
  ◆ 注意：大寫Turkey意思是「土耳其」（國家名）

認字！
牛刀小試 唸英文並說出中文意思，對的打 ✓

☐1.monkey　　　☐2.cat　　　　☐3.dog
☐4.puppy　　　 ☐5.stray dog　 ☐6.guide dog
☐7.turkey　　　 ☐8.chicken　　 ☐9.duck
☐10.goose　　　☐11.rabbit　　 ☐12.turtle
☐13.mouse　　　☐14.rat

😊 **8.chicken** [ˈtʃɪkən] 雞

😊 **9.duck** [dʌk] 鴨

😊 **10.goose** [gus] 鵝
◆ 複數：geese [gis]

😊 **11.rabbit** [ˈræbɪt] 兔

😊 **12.turtle** [ˈtɜtl̩] 龜

😊 **13.mouse** [maʊs] 小老鼠
◆ 複數：mice [maɪs]

😊 **14.rat** [ræt] 大老鼠

背字！

牛刀小試 看中文唸或背或默寫英文，對的打 ˇ

□1.猴子　　　□2.貓　　　　□3.狗
□4.小狗　　　□5.流浪狗　　□6.導盲犬
□7.火雞　　　□8.雞　　　　□9.鴨
□10.鵝　　　□11.兔　　　　□12.龜
□13.小老鼠　□14.大老鼠

會唸
打 ✅

🙂 **15. kangaroo** [ˌkæŋgəˈru] 袋鼠
　◆背法：kan-ga-roo

🙂 **16. snake** [snek] 蛇

🙂 **17. spider** [ˈspaɪdə] 蜘蛛

🙂 **18. insect** [ˈɪnsɛkt] 昆蟲

🙂 **19. bug** [bʌg] 蟲

🙂 **20. ant** [ænt] 螞蟻

🙂 **21. pet** [pɛt] 寵物

🙂 **22. cage** [kedʒ] 籠子

認字！

牛刀小試 唸英文並說出中文意思，對的打 ˇ

☐ 15. kangaroo　　☐ 16. snake　　☐ 17. spider
☐ 18. insect　　　☐ 19. bug　　　☐ 20. ant
☐ 21. pet　　　　☐ 22. cage

背字！

牛刀小試 看中文唸或背或默寫英文，對的打ˇ

☐15.袋鼠   ☐16.蛇   ☐17.蜘蛛

☐18.昆蟲   ☐19.蟲   ☐20.螞蟻

☐21.寵物   ☐22.籠子

五、天空・天氣 😊 MP3 50

會唸
打✓

😀 **1.space** [spes] 太空、空間
◆ outer [ˈautə] space 外太空

😊 **2.sight** [saɪt] 景觀、視力

😊 **3.astronaut** [ˈæstrənɔt] 太空人
◆ 背法：astro-naut

😊 **4.planet** [ˈplænɪt] 行星

😊 **5.star** [stɑr] 星星
◆ movie [ˈmuvɪ] star 電影明星

😊 **6.moon** [mun] 月亮

😊 **7.sun** [sʌn] 太陽

認字！

牛刀小試　唸英文並說出中文意思，對的打 ✓

☐1.space	☐2.sight	☐3.astronaut
☐4.planet	☐5.star	☐6.moon
☐7.sun	☐8.rise	☐9.set
☐10.earth	☐11.earthquake	☐12.sky
☐13.air	☐14.air pollution	

😊 **8.rise** [raɪz] 升起

😊 **9.set** [sɛt] 下沈

😊 **10.earth** [ɝθ] 地球

😊 **11.earthquake** [ˈɝθ͵kwek] 地震
◆ 相關字：quake [kwek] 震動

😊 **12.sky** [skaɪ] 天空

😊 **13.air** [ɛr] 空氣

😊 **14.air pollution** [pəˈluʃən] 空氣污染
◆ pollution污染
◆ 背法：po-llu-tion

背字！
牛刀小試 看中文唸或背或默寫英文，對的打 ✓

□1.太空、空間　□2.景觀、視力　□3.太空人
□4.行星　　　　□5.星星　　　　□6.月亮
□7.太陽　　　　□8.升起　　　　□9.下沈
□10.地球　　　　□11.地震　　　　□12.天空
□13.空氣　　　　□14.空氣污染

會唸
打 ✅

😊 **15.weather** [ˋwɛðɚ] 氣候、天氣

😊 **16.hot** [hɑt] 熱的

😊 **17.cold** [kold] 冷的

😊 **18.warm** [wɔrm] 暖的

😊 **19.cool** [kul] 涼的、酷的

😊 **20.dry** [draɪ] 乾的

😊 **21.wet** [wɛt] 濕的

😊 **22.sunny** [ˋsʌnɪ] 晴朗的
　◆ 相關字：sun太陽

😊 **23.wind** [wɪnd] 風

😊 **24.windy** [ˋwɪndɪ] 多風的

認字！

牛刀小試　唸英文並說出中文意思，對的打 ✓

☐15.weather	☐16.hot	☐17.cold
☐18.warm	☐19.cool	☐20.dry
☐21.wet	☐22.sunny	☐23.wind
☐24.windy	☐25.typhoon	☐26.cloud
☐27.cloudy	☐28.rain	☐29.rainy
☐30.rainbow	☐31.snow	☐32.snowy
☐33.snowman		

😊 **25.typhoon** [taɪˈfun] 颱風
  ◆ 背法：ty-phoon

😊 **26.cloud** [klaʊd] 雲

😊 **27.cloudy** [ˈklaʊdɪ] 多雲的

😊 **28.rain** [ren] 雨

😊 **29.rainy** [ˈrenɪ] 多雨的、下雨的

😊 **30.rainbow** [ˈren.bo] 彩虹

😊 **31.snow** [sno] 雪

😊 **32.snowy** [ˈsnoɪ] 多雪的、雪白的

😊 **33.snowman** [ˈsno.mæn] 雪人

背字！

牛刀小試 看中文唸或背或默寫英文，對的打 ✓

☐15.氣候、天氣　　☐16.熱的　　　　☐17.冷的
☐18.暖的　　　　　☐19.涼的、酷的　☐20.乾的
☐21.濕的　　　　　☐22.晴朗的　　　☐23.風
☐24.多風的　　　　☐25.颱風　　　　☐26.雲
☐27.多雲的　　　　☐28.雨　　　　　☐29.多雨的、下雨的
☐30.彩虹　　　　　☐31.雪　　　　　☐32.多雪的、雪白的
☐33.雪人

六、海洋・陸地 😊 MP3 51

會唸
打✓

😊 **1.sea** [si] 海

😊 **2.ocean** [`oʃən] 海洋

😊 **3.wave** [wev] 海浪

😊 **4.island** [`aɪlənd] 海島

😊 **5.beach** [bitʃ] 海灘

😊 **6.bottom** [`batəm] 海底、底部

😊 **7.coast** [kost] 海岸

😊 **8.land** [lænd] 陸地、土地

認字！

牛刀小試 唸英文並說出中文意思，對的打∨

□1.sea	□2.ocean	□3.wave
□4.island	□5.beach	□6.bottom
□7.coast	□8.land	□9.mud
□10.mountain	□11.rock	□12.stone
□13.hill	□14.tunnel	□15.river

😊 **9. mud** [mʌd] 泥巴

😊 **10. mountain** [ˈmaʊntn̩] 山
◆ 背法：moun-tain

😊 **11. rock** [rɑk] 岩石

😊 **12. stone** [ston] 石頭

😊 **13. hill** [hɪl] 小山丘

😊 **14. tunnel** [ˈtʌnl̩] 隧道

😊 **15. river** [ˈrɪvɚ] 河

背字！

牛刀小試 看中文唸或背或默寫英文，對的打 ✓

□1.海 　　　　□2.海洋 　　　　□3.海浪
□4.海島 　　　　□5.海灘 　　　　□6.海底、底部
□7.海岸 　　　　□8.陸地、土地 　　□9.泥巴
□10.山 　　　　□11.岩石 　　　　□12.石頭
□13.小山丘 　　□14.隧道 　　　　□15.河

會唸
打✓

16.bank [bæŋk] 河堤、河岸

17.lake [lek] 湖
◆ Sun Moon Lake日月潭

18.pond [pɑnd] 池塘

19.hot spring [sprɪŋ] 溫泉
◆ spring春天、泉源

20.tree [tri] 樹

21.flower [ˈflauə] 花

22.rose [roz] 玫瑰花

認字！
牛刀小試 唸英文並說出中文意思，對的打✓

☐16.bank　　　☐17.lake　　　☐18.pond
☐19.hot spring　☐20.tree　　　☐21.flower
☐22.rose　　　☐23.grass　　　☐24.plant
☐25.pot　　　☐26.seed

23. grass [græs] 草

24. plant [plænt] 植物

25. pot [pɑt] 花盆
◆ pot plant 盆栽

26. seed [sid] 種子

背字！
牛刀小試 看中文唸或背或默寫英文，對的打 ✓

□16.河堤、河岸	□17.湖	□18.池塘
□19.溫泉	□20.樹	□21.花
□22.玫瑰花	□23.草	□24.植物
□25.花盆	□26.種子	

七、世界 😊 MP3 52

會唸
打 ✅

😊 **1. world** [wɜld] 世界

😊 **2. map** [mæp] 地圖

😊 **3. culture** [ˈkʌltʃə] 文化

😊 **4. country** [ˈkʌntrɪ] 國家、家鄉、鄉下

😊 **5. city** [ˈsɪtɪ] 市、城市

😊 **6. city center** [ˈsɛntə] 市中心
　　◆ center中心

😊 **7. county** [ˈkaʊntɪ] 縣、郡
　　◆ 記法：國家country – r = county

😊 **8. town** [taʊn] 鎮

😊 **9. U.S.A. 或 America** [əˈmɛrɪkə] 美國

😊 **10. American** [əˈmɛrɪkən] 美國人

認字！
牛刀小試　　唸英文並說出中文意思，對的打 ✓

☐ 1. world　　　☐ 2. map　　　　☐ 3. culture
☐ 4. country　　　　　　　　　　☐ 5. city
☐ 6. city center　☐ 7. county　　☐ 8. town
☐ 9. U.S.A., America　　　　　　☐ 10. American
☐ 11. China　　　☐ 12. Chinese　☐ 13. Japan
☐ 14. Japanese　☐ 15. Taiwan　　☐ 16. Taiwanese
☐ 17. Taipei　　　☐ 18. native

😊 **11.China** [ˈtʃaɪnə] 中國

😊 **12.Chinese** [tʃaɪˈniz] 中國人、中文

😊 **13.Japan** [dʒəˈpæn] 日本

😊 **14.Japanese** [dʒæpəˈniz] 日本人、日文

😊 **15.Taiwan** [ˈtaɪˈwɑn] 台灣

😊 **16.Taiwanese** [taɪwəˈniz] 台灣人

😊 **17.Taipei** [ˈtaɪˈpe] 台北

😊 **18.native** [ˈnætɪv] 本地人、原住民

背字！
牛刀小試 看中文唸或背或默寫英文，對的打 ˇ

□1.世界　　　　□2.地圖　　　　□3.文化
□4.國家、家鄉、鄉下　　　　　　□5.市、城市
□6.市中心　　　□7.縣、郡　　　□8.鎮
□9.美國　　　　　　　　　　　　□10.美國人
□11.中國　　　□12.中國人、中文□13.日本
□14.日本人、日文□15.台灣　　　□16.台灣人
□17.台北　　　□18.本地人、原住民

NOTE

PART 8
生　活

一、街景 😊 MP3 53

會唸
打✅

😊 **1.road** [rod] 路

😊 **2.street** [strit] 街

😊 **3.lane** [len] 巷

😊 **4.block** [blak] 街區

😊 **5.corner** ['kɔrnɚ] 街角、角落

😊 **6.downtown** ['daʊn'taʊn] 鬧區、商業區

😊 **7.entrance** ['ɛntrɛns] 入口、路口
◆ 相關字：enter ['ɛntɚ] 進入

😊 **8.exit** ['ɛgzɪt] 出口

😊 **9.sign** [saɪn] 招牌、符號

😊 **10.road sign** 路標

認字！

牛刀小試 唸英文並說出中文意思，對的打✓

☐1.road	☐2.street	☐3.lane
☐4.block	☐5.corner	☐6.downtown
☐7.entrance	☐8.exit	☐9.sign
☐10.road sign	☐11.shop	☐12.store
☐13.bookstore	☐14.comic book	☐15.bakery
☐16.stall	☐17.stand	☐18.vendor

😊 **11.shop** [ʃɑp] 店鋪（英式用法）

😊 **12.store** [stor] 店鋪（美式用法）

😊 **13.bookstore** 書店

😊 **14.comic** [ˈkɑmɪk] **book** 漫畫書

😊 **15.bakery** [ˈbekərɪ] 麵包店
　◆ 相關字：bake [bek] 烘、烤

😊 **16.stall** [stɔl] 攤商

😊 **17.stand** [stænd] 攤子
　◆ stand當動詞時，意思是「站」
　◆ fruit stand水果攤

😊 **18.vendor** [ˈvɛndə] 攤販
　◆ 相關字：vend [vɛnd] 叫賣
　◆ 記法：vend + or = vendor

背字！

牛刀小試 看中文唸或背或默寫英文，對的打✓

☐1.路	☐2.街	☐3.巷
☐4.街區	☐5.街角、角落	☐6.鬧區、商業區
☐7.入口、路口	☐8.出口	☐9.招牌、符號
☐10.路標	☐11.店鋪（英）	☐12.店鋪（美）
☐13.書店	☐14.漫畫書	☐15.麵包店
☐16.攤商	☐17.攤子	☐18.攤販

會唸
打✅

😊 **19. market** ['markɪt] 市場

😊 **20. supermarket** ['supɚ,markɪt] 超級市場
◆ 相關字：super ['supɚ] 非常、超級

😊 **21. shopping** ['ʃapɪŋ] **mall** [mɔl] 購物中心
◆ shop [ʃap] 採購

😊 **22. goods** [gʊdz] 貨物、商品
◆ 易混淆字：good [gʊd] 好的

😊 **23. department** [dɪ'partmənt] **store**
百貨店、百貨公司
◆ 記法：de + part + ment = department

😊 **24. apartment** [ə'partmənt] 公寓
◆ 記法：a + part + ment = apartment

😊 **25. company** ['kʌmpənɪ] 公司
◆ company的縮寫是com.

認字！
牛刀小試 唸英文並說出中文意思，對的打 ✓

☐ 19. market　　　☐ 20. supermarket　☐ 21. shopping mall
☐ 22. goods　　　☐ 23. department store
☐ 24. apartment　☐ 25. company　　　☐ 26. theater
☐ 27. restaurant　☐ 28. hotel　　　　☐ 29. hospital
☐ 30. bank　　　　☐ 31. post office　　☐ 32. museum
☐ 33. library

😊 **26. theater** [ˈθiətə] 戲院
　◆ 注意：theatre [ˈθiətə] 為英式用法

😊 **27. restaurant** [ˈrɛstərənt] 餐廳
　◆ 相關字：rest [rɛst] 休息
　◆ 背法：res-tau-rant

😊 **28. hotel** [hoˈtɛl] 旅館

😊 **29. hospital** [ˈhɑspɪtl̩] 醫院
　◆ 背法：hos-pi-tal

😊 **30. bank** [bæŋk] 銀行
　◆ bank另有「河堤」的意思

😊 **31. post** [post] **office** [ˈɔfɪs] 郵局

😊 **32. museum** [mjuˈziəm] 博物館
　◆ 背法：mu-seum

😊 **33. library** [ˈlaɪˌbrɛrɪ] 圖書館
　◆ 背法：li-brary

背字！

牛刀小試 看中文唸或背或默寫英文，對的打 ✓

☐19. 市場　　　　☐20. 超級市場　　☐21. 購物中心
☐22. 貨物、商品　☐23. 百貨店、百貨公司
☐24. 公寓　　　　☐25. 公司　　　　☐26. 戲院
☐27. 餐廳　　　　☐28. 旅館　　　　☐29. 醫院
☐30. 銀行　　　　☐31. 郵局　　　　☐32. 博物館
☐33. 圖書館

會唸

打☑

😊 **34. police** [pə'lis] **office** ['ɔfɪs] 警察局

😊 **35. police station** ['steʃən] 派出所

😊 **36. railway** ['reLwe] **station** 火車站
◆ railway鐵路

😊 **37. MRT station** 捷運站

😊 **38. subway** ['sʌb,we] 地下道、地下鐵

😊 **39. bus** [bʌs] **stop** [stɑp] 公車站
◆ bus巴士
◆ stop停靠站

😊 **40. church** [tʃɝtʃ] 教堂

認字！

牛刀小試　唸英文並說出中文意思，對的打ˇ

□34. police office	□35. police station	□36. railway station
□37. MRT station	□38. subway	
□39. bus stop	□40. church	□41. temple
□42. park	□43. garden	□44. sidewalk
□45. seat	□46. lamp	□47. light

41.temple [ˈtɛmpl] 寺、廟、聖殿

42.park [pɑrk] 公園、停車處
  ◆ 相關字：parking lot 停車場（室外）
  ◆ 相關字：parking space 停車位

43.garden [ˈgɑrdn̩] 花園

44.sidewalk [ˈsaɪd.wɔk] 人行道
  ◆ 相關字：side [saɪd] 邊
  ◆ 相關字：walk [wɔk] 走路

45.seat [sit] 座位
  ◆ 相關字：sit [sɪt] 坐

46.lamp [læmp] 燈

47.light [laɪt] 燈光

背字！

牛刀小試 看中文唸或背或默寫英文，對的打 ✓

□34.警察局	□35.派出所	□36.火車站
□37.捷運站	□38.地下道、地下鐵	□39.公車站
□39.公車站	□40.教堂	□41.寺、廟、聖殿
□42.公園、停車場	□43.花園	□44.人行道
□45.座位	□46.燈	□47.燈光

會唸
打☑

48. wall [wɔl] 牆

49. restroom [ˈrɛst.rum] （公共場所的）洗手間
◆ 相關字：rest [rɛst] 休息

50. men's room 男廁
◆ men [mɛn] 男人（複數）

51. ladies' [ˈledɪz] room 女廁
◆ ladies 女士（複數）

52. bathroom [ˈbæθrum] （家中的）洗手間、浴室

53. garbage [ˈɡɑrbɪdʒ] 剩菜剩飯、垃圾廢物

54. trash [træʃ] 破爛、垃圾（美式用法）

認字！
牛刀小試　唸英文並說出中文意思，對的打✓

☐48.wall　　　　☐49.restroom　　　☐50.men's room
☐51.ladies' room　　　☐52.bathroom
☐53.garbage　　　　☐54.trash
☐55.litter　　　　☐56.Don't litter.
☐57.trash can　　　　☐58.parade

☺ **55. litter** ['lɪtə] 雜物、垃圾、廢物

☺ **56. Don't litter.** 不要亂丟雜物。
◆ litter當動詞時，意思是「亂丟雜物」

☺ **57. trash can** [kæn] 垃圾筒
◆ can筒、罐
◆ can當助動詞時，意思是「能」

☺ **58. parade** [pə'red] 遊行

背字！

牛刀小試 看中文唸或背或默寫英文，對的打 ˇ

□48.牆　　　　　□49.洗手間　　　□50.男廁
□51.女廁　　　　　□52.洗手間、浴室
□53.剩菜剩飯、垃圾廢物　　□54.破爛、垃圾（美式用法）
□55.雜物、垃圾、廢物　　　□56.不要亂丟雜物。
□57.垃圾筒　　　　　□58.遊行

二、往郊區・度假 😃 MP3 54

會唸
打☑

😃 **1.bridge** [brɪdʒ] 橋

😃 **2.gas** [gæs] **station** 加油站
◆ gas瓦斯、汽油

😃 **3.fire** [faɪr] **station** 消防隊
◆ fire火

😃 **4.factory** [ˈfæktrɪ] 工廠

😃 **5.highway** [ˈhaɪˌwe] 高速公路
◆ 同義字：freeway [ˈfriˌwe]
◆ 相關字：high [haɪ] 高的
◆ 相關字：free [fri] 自由的
◆ 相關字：way [we] 路

😃 **6.airport** [ˈɛrˌport] 機場、航空站

認字！
牛刀小試　唸英文並說出中文意思，對的打✓

☐1.bridge	☐2.gas station	☐3.fire station
☐4.factory	☐5.highway	☐6.airport
☐7.airplane	☐8.go abroad	☐9.live abroad
☐10.vacation	☐11.trip	☐12.Easter

😊 **7.airplane** [ˈɛrˌplen] 飛機
◆ 注意：plane [plen] 飛機（口語用法）

😊 **8.go** [go] **abroad** [əˈbrɔd] 出國
◆ go去
◆ abroad在國外

😊 **9.live** [lɪv] **abroad** 住國外
◆ live住

😊 **10.vacation** [veˈkeʃən] 假期

😊 **11.trip** [trɪp] 旅行

😊 **12.Easter** [ˈistə] 復活節
◆ 相關字：east [ist] 東方

背字！

牛刀小試 看中文唸或背或默寫英文，對的打ˇ

□1.橋	□2.加油站	□3.消防隊
□4.工廠	□5.高速公路	□6.機場、航空站
□7.飛機	□8.出國	□9.住國外
□10.假期	□11.旅行	□12.復活節

會唸
打✅

😊 **13.Christmas** [ˈkrɪsməs] 聖誕節
◆ 相關字：Christ [kraɪst] 基督

😊 **14.Thanksgiving Day** 感恩節
◆ thanks [θæŋks] 感謝
◆ giving [ˈgɪvɪŋ] 給，是give [gɪv] 的動名詞、現在分詞
◆ 記法：Thanksgiving Day（感謝給的日子）
　　　　 = 感恩節

😊 **15.Halloween** [ˌhæloˈin] 萬聖節
◆ 背法：Ha-llow-een

😊 **16.Valentine's** [ˈvæləntaɪnz] **Day** 情人節
◆ 背法：Va-len-tine

😊 **17.Lantern** [ˈlæntən] **Festival** [ˈfɛstəvl̩] 元宵節
◆ lantern燈籠
◆ festival節日
◆ 記法：Lantern Festival（燈籠節）= 元宵節

認字！
牛刀小試 唸英文並說出中文意思，對的打✓

☐ 13.Christmas　　　　　　☐ 14.Thanksgiving Day
☐ 15.Halloween　　　　　　☐ 16.Valentine's Day
☐ 17.Lantern Festival　　　 ☐ 18.celebrate

😊 **18.celebrate** [ˈsɛləˌbret] 慶祝
◆ 背法：cele-brate

背字！

牛刀小試 看中文唸或背或默寫英文，對的打 ✓

□13.聖誕節
□15.萬聖節
□17.元宵節

□14.感恩節
□16.情人節
□18.慶祝

三、交通 😊 MP3 55

會唸
打✓

😊 **1.follow** [ˋfɑlo] 跟隨、遵守

😊 **2.traffic** [ˋtræfɪk] 交通
◆ 背法：tra-ffic

😊 **3.traffic rule** [rul] 交通規則
◆ rule規則

😊 **4.traffic light** [laɪt] 紅綠燈
◆ light燈光
◆ 記法：traffic light（交通燈）＝紅綠燈

😊 **5.traffic jam** [dʒæm] 交通阻塞
◆ jam果醬、阻塞

😊 **6.timetable** [ˋtaɪm͵tebl̩] 時間表
◆ 相關字：time [taɪm] 時間
◆ 相關字：table [ˋtebl̩] 桌子、表

😊 **7.schedule** [ˋskɛdʒʊl] 時間表、目錄
◆ 背法：sche-dule

認字！

牛刀小試 唸英文並說出中文意思，對的打✓

☐1.follow	☐2.traffic	☐3.traffic rule
☐4.traffic light	☐5.traffic jam	☐6.timetable
☐7.schedule	☐8.list	☐9.bike
☐10.motorcycle	☐11.scooter	☐12.helmet
☐13.tire	☐14.car	☐15.taxi

😊 **8.list** [lɪst] 表

😊 **9.bike** [baɪk] 腳踏車
◆ 同義字：bicycle [ˈbaɪsɪk!] 腳踏車

😊 **10.motorcycle** [ˈmotəˌsaɪk!] 摩托車
◆ 相關字：motor [ˈmotə] 馬達

😊 **11.scooter** [ˈskutə]（中間腳可踩的）摩托車、踏板車

😊 **12.helmet** [ˈhɛlmɪt] 安全帽

😊 **13.tire** [taɪr] 輪胎
◆ 易混淆字：tired [taɪrd] 累的

😊 **14.car** [kɑr] 汽車

😊 **15.taxi** [ˈtæksɪ] 計程車

背字！
牛刀小試 看中文唸或背或默寫英文，對的打ˇ

☐1.跟隨、遵守　　☐2.交通　　　　☐3.交通規則
☐4.紅綠燈　　　　☐5.交通阻塞　　☐6.時間表
☐7.時間表、目錄　☐8.表　　　　　☐9.腳踏車
☐10.摩托車　　　☐11.（中間腳可踩的）摩托車、踏板車
☐12.安全帽　　　☐13.輪胎
☐14.汽車　　　　☐15.計程車

會唸
打✅

😊 **16.bus** [bʌs] 公車、巴士

😊 **17.truck** [trʌk] 卡車

😊 **18.seat** [sit] **belt** [bɛlt] 安全帶
  ◆ seat座位
  ◆ belt皮帶

😊 **19.MRT** 捷運（**Mass Rapid Transit縮寫**）
  ◆ 相關字：train [tren] 火車

😊 **20.ride** [raɪd] **a bike** 騎腳踏車
  ◆ ride騎

😊 **21.drive** [draɪv] **a car** 駕車
  ◆ drive駕

😊 **22.take** [tek] **a bus** 搭公車
  ◆ take搭

😊 **23.by** [baɪ] **bus** 搭公車
  ◆ by是介詞

認字！

牛刀小試   唸英文並說出中文意思，對的打 ✓

☐16.bus	☐17.truck	☐18.seat belt
☐19.MRT	☐20.ride a bike	☐21.drive a car
☐22.take a bus	☐23.by bus	☐24.boat
☐25.ship	☐26.sail	☐27.ticket
☐28.ticket office		

😊 **24. boat** [bot] （小型的）船

😊 **25. ship** [ʃɪp] （大型的）船

😊 **26. sail** [sel] 航行

😊 **27. ticket** [ˈtɪkɪt] 票
◆ ticket另有「罰單」的意思

😊 **28. ticket office** [ˈɔfɪs] 售票處
◆ 記法：ticket office（車票辦公室） = 售票處

背字！
牛刀小試 看中文唸或背或默寫英文，對的打 ˇ

□16. 公車、巴士   □17. 卡車   □18. 安全帶
□19. 捷運   □20. 騎腳踏車   □21. 駕車
□22. 搭公車   □23. 搭公車   □24. （小型的）船
□25. （大型的）船 □26. 航行   □27. 票
□28. 售票處

四、車資及各種費用 😄 MP3 56

會唸
打 ✅

😊 **1. bill** [bɪl] 帳單

😊 **2. fare** [fɛr] 車資

😊 **3. fee** [fi] 專業服務費
◆ doctor's fee 醫藥費

😊 **4. tip** [tɪp] 小費
◆ tip 另有「祕訣」的意思

😊 **5. free** [fri] 免費的
◆ free 另有「空閒的、自由的」的意思

😊 **6. income** [ˈɪnˌkʌm] 收入
◆ in 入、在……內
◆ come 來

認字！
牛刀小試 唸英文並說出中文意思，對的打 ✓

☐ 1. bill	☐ 2. fare	☐ 3. fee
☐ 4. tip	☐ 5. free	☐ 6. income
☐ 7. pay	☐ 8. salary	☐ 9. wages

😊 **7.pay** [pe] 薪資
◆ pay當動詞時，意思是「付」

😊 **8.salary** [ˋsælərɪ] 薪水

😊 **9.wages** [ˋwedʒɪz] 工資

背字！

牛刀小試 看中文唸或背或默寫英文，對的打 ˇ

□1.帳單　　　□2.車資　　　□3.專業服務費
□4.小費　　　□5.免費的　　　□6.收入
□7.薪資　　　□8.薪水　　　□9.工資

五、資訊・節目・電腦用語 😄 MP3 57

會唸
打😊

😊 **1.information** [ɪnfəˈmeʃən] 資訊、詢問處
　　◆ 相關字：inform [ɪnˈfɔrm] 通知

😊 **2.knowledge** [ˈnɑlɪdʒ] 知識
　　◆ 相關字：know [no] 知道

😊 **3.common** [ˈkɑmən] **sense** [sɛns] 常識
　　◆ common普通的
　　◆ 記法：common sense（普通知識）＝ 常識

😊 **4.file** [faɪl] 文卷、檔案
　　◆ file當動詞時，意思是「歸檔」

😊 **5.news** [njuz] 新聞

😊 **6.north** [nɔrθ] 北（**N.**）

😊 **7.east** [ist] 東（**E.**）

😊 **8.west** [wɛst] 西（**W.**）

認字！
牛刀小試　唸英文並說出中文意思，對的打ˇ

□1.information	□2.knowledge	□3.common sense
□4.file	□5.news	□6.north
□7.east	□8.west	□9.south
□10.paper	□11.newspaper	□12.television
□13.radio	□14.tape	□15.recorder
□16.video	□17.film	□18.DVD player

😊 **9.south** [sauθ] 南（**S.**）

😊 **10.paper** ['pepə] 紙

😊 **11.newspaper** ['njuz,pepə] 報紙

😊 **12.television** ['tɛlə,vɪʒən] 電視

😊 **13.radio** ['redɪo] 收音機

😊 **14.tape** [tep] 錄音帶

😊 **15.recorder** [rɪ'kɔrdə] 錄音機

😊 **16.video** ['vɪdɪo] 影片、錄影帶

😊 **17.film** [fɪlm] 影片、底片

😊 **18.DVD player** ['pleə] DVD播放機

背字！

牛刀小試 看中文唸或背或默寫英文，對的打 ✓

□1.資訊、詢問處	□2.知識	□3.常識
□4.文卷、檔案	□5.新聞	□6.北
□7.東	□8.西	□9.南
□10.紙	□11.報紙	□12.電視
□13.收音機	□14.錄音帶	□15.錄音機
□16.影片、錄影帶	□17.影片、底片	□18.DVD播放機

會唸
打☺

☺ **19.movie** [ˈmuvɪ] 電影

☺ **20.software** [ˈsɔft.wɛr] 電腦軟體
◆ 相關字：soft [sɔft] 軟的

☺ **21.screen** [skrin] 螢幕

☺ **22.website** [ˈwɛb.saɪt] 網站
◆ 相關字：web [wɛb] 網
◆ 相關字：site [saɪt] 地點

☺ **23.net** [nɛt] 網路

☺ **24.internet** [ˈɪntɚ.nɛt] 網際網路

☺ **25.surf the net** 上網、瀏覽網站

☺ **26.on-line** [ˈɑn.laɪn] 在線上、連線

☺ **27.type** [taɪp] 打字
◆ type當名詞時，意思是「類型」

認字！

牛刀小試　唸英文並說出中文意思，對的打 ✓

☐19.movie	☐20.software	☐21.screen
☐22.website	☐23.net	☐24.internet
☐25.surf the net		☐26.on-line
☐27.type		☐28.copy
☐29.program		☐30.interview
☐31.report		☐32.show

28.copy [ˈkɑpɪ] 影印

29.program [ˈprogræm] 節目
◆ 背法：pro-gram

30.interview [ˈɪntə͵vju] 採訪、接見、面試
◆ 背法：inter-view

31.report [rɪˈport] 報導、報告

32.show [ʃo] 展示、秀

背字！

牛刀小試 看中文唸或背或默寫英文，對的打 ✓

□19.電影　　　　□20.電腦軟體　　□21.螢幕
□22.網站　　　　□23.網路　　　　□24.網際網路
□25.上網、瀏覽網站　　　□26.在線上、連線
□27.打字　　　　□28.影印
□29.節目　　　　□30.採訪、接見、面試
□31.報導、報告　　　□32.展示、秀

六、通信 😊 MP3 58

會唸
打 ✅

😊 **1. letter** [ˈlɛtə] 信、字母

😊 **2. envelope** [ˈɛnvəlop] 信封
   ◆ 背法：enve-lope

😊 **3. stamp** [stæmp] 郵票

😊 **4. address** [ˈædrɛs] / [əˈdrɛs] 地址

😊 **5. postcard** [ˈpostˌkɑrd] 明信片
   ◆ 相關字：post 郵件
   ◆ 相關字：card 卡片

😊 **6. birthday** [ˈbɝθˌde] **card** 生日卡
   ◆ birthday 生日

認字！
牛刀小試　唸英文並說出中文意思，對的打 ✓

□ 1. letter	□ 2. envelope	□ 3. stamp
□ 4. address	□ 5. postcard	□ 6. birthday card
□ 7. zip code	□ 8. mailbox	□ 9. mail-order
□ 10. voice mail	□ 11. E-mail	□ 12. message

7.zip [zɪp] **code** [kod] 郵遞區號
- zip（子彈的）尖嘯聲
- code密碼

8.mailbox [ˈmelˌbaks] 郵筒
- 相關字：box [baks] 盒子

9.mail-order [ˈɔrdə] 郵購
- mail郵件
- order點（菜）、命令
- 記法：mail-order（郵件點東西）＝ 郵購

10.voice [vɔɪs] **mail** 語音信箱
- voice聲音
- 記法：voice mail（聲音郵件）＝ 語音信箱

11.E-mail 電子郵件

12.message [ˈmɛsɪdʒ] 訊息

背字！

牛刀小試 看中文唸或背或默寫英文，對的打 ˅

□1.信、字母	□2.信封	□3.郵票
□4.地址	□5.明信片	□6.生日卡
□7.郵遞區號	□8.郵筒	□9.郵購
□10.語音信箱	□11.電子郵件	□12.訊息

會唸
打✅

13.text [tɛkst] **message** 簡訊
◆ text正文、原文

14.fax [fæks] 傳真

15.telephone [ˈtɛləˌfon] 電話
◆ 同義字：phone [fon]

16.cell [sɛl] **phone** 手機
◆ 同義字：mobile [ˈmobɪl] phone

17.pay [pe] **phone** 公共電話
◆ pay付（款）
◆ 記法：pay phone（付款電話）= 公共電話

18.talk [tɔk] **on** [ɑn] **the phone** 講電話
◆ talk談
◆ on the phone 在電話上

認字！
牛刀小試 唸英文並說出中文意思，對的打 ✓

☐ 13.text message ☐ 14.fax ☐ 15.telephone
☐ 16.cell phone ☐ 17.pay phone
☐ 18.talk on the phone
☐ 19.call

19.call [kɔl] 打電話
◆ Call me at 0911-061610.打電話0911-061610給我。

背字！
牛刀小試 看中文唸或背或默寫英文，對的打 ˅

☐13.簡訊　　☐14.傳真　　☐15.電話
☐16.手機　　☐17.公共電話
☐18.講電話
☐19.打電話

七、穿新衣・戴新帽・水噹噹 😃 MP3 59

會唸
打✅

😃 **1.appearance** [əˋpɪrəns] 外表
◆ 記法：appear [əˋpɪr] 出現 + ance = appearance

😃 **2.glasses** [ˋglæsɪz] 眼鏡、玻璃杯
◆ 相關字：glass [glæs] 玻璃、玻璃杯

😃 **3.costume** [ˋkastjum] 服裝

😃 **4.cloth** [klɔθ] 布

😃 **5.clothes** [kloz] 衣服

😃 **6.jacket** [ˋdʒækɪt] 夾克、外套

😃 **7.coat** [kot] 外套

認字！
牛刀小試 唸英文並說出中文意思，對的打 ✓

□1.appearance	□2.glasses	□3.costume
□4.cloth	□5.clothes	□6.jacket
□7.coat	□8.vest	□9.dress
□10.shirt	□11.T-shirt	□12.necktie
□13.sweater	□14.pants	

☺ **8.vest** [vɛst] 背心

☺ **9.dress** [drɛs] 洋裝

☺ **10.shirt** [ʃɜt] 襯衫

☺ **11.T-shirt** T恤

☺ **12.necktie** [ˈnɛk͵taɪ] 領帶
◆ 相關字：neck頸子

☺ **13.sweater** [ˈswɛtə] 毛衣
◆ 記法：sweat [swɛt] 汗 + er = sweater

☺ **14.pants** [pænts] 褲子
◆ 記法：pants褲子有雙管，所以要加s

背字！

牛刀小試 看中文唸或背或默寫英文，對的打 ✓

□1.外表	□2.眼鏡、玻璃杯	□3.服裝
□4.布	□5.衣服	□6.夾克、外套
□7.外套	□8.背心	□9.洋裝
□10.襯衫	□11.T恤	□12.領帶
□13.毛衣	□14.褲子	

會唸
打☑

15.shorts [ʃɔrts] 短褲
 ◆相關字：short [ʃɔrt] 短的

16.jeans [dʒinz] 牛仔褲

17.pocket [ˋpakɪt] 口袋

18.skirt [skɝt] 裙子

19.uniform [ˋjunəˏfɔrm] 制服
 ◆相關字：uni [ˋjunɪ] 單、一
 ◆相關字：form [fɔrm] 形式

20.shoes [ʃuz] 鞋
 ◆記法：shoes鞋一雙有二隻，所以要加s

21.stockings [ˋstakɪŋz] 長襪

認字！

牛刀小試　唸英文並說出中文意思，對的打ˇ

☐15.shorts	☐16.jeans	☐17.pocket
☐18.skirt	☐19.uniform	☐20.shoes
☐21.stockings	☐22.socks	☐23.hat
☐24.wallet	☐25.glove	☐26.belt
☐27.ring		

😊 **22.socks** [saks] 短襪
　◆ 記法：取stockings中的socks

😊 **23.hat** [hæt] 帽子（統稱）
　◆ 相關字：cap [kæp] 無邊帽

😊 **24.wallet** [ˋwɑlɪt] 皮夾
　◆ wallet另有「文件夾」的意思

😊 **25.glove** [glʌv] 手套

😊 **26.belt** [bɛlt] 皮帶

😊 **27.ring** [rɪŋ] 戒指、手環
　◆ ring當動詞時，意思為「響」

背字！

牛刀小試 看中文唸或背或默寫英文，對的打 ✓

□15.短褲　　　□16.牛仔褲　　　□17.口袋
□18.裙子　　　□19.制服　　　　□20.鞋
□21.長襪　　　□22.短襪　　　　□23. 帽子
□24.皮夾　　　□25.手套　　　　□26.皮帶
□27.戒指、手環

八、穿戴・挑顏色 😄 MP3 60

會唸
打✔

😊 **1.wear** [wɛr] 穿、戴

😊 **2.dress** [drɛs] 穿衣、為……穿衣

😊 **3.in red** 穿著紅色
◆ The girl in red is Mary.穿紅衣服的那位女孩是瑪莉。

😊 **4.tie** [taɪ] 繫鞋帶的繫
◆ tie當名詞時，意思是「領帶」

😊 **5.color** [ˈkʌlə] 顏色

😊 **6.red** [rɛd] 紅

😊 **7.pink** [pɪŋk] 粉紅

😊 **8.orange** [ˈɔrɪndʒ] 橙

😊 **9.blue** [blu] 藍

😊 **10.green** [grin] 綠

認字！

牛刀小試　唸英文並說出中文意思，對的打 ✓

☐1.wear	☐2.dress	
☐3.in red	☐4.tie	☐5.color
☐6.red	☐7.pink	☐8.orange
☐9.blue	☐10.green	☐11.yellow
☐12.navy	☐13.purple	☐14.black
☐15.white	☐16.gray	☐17.brown

😊 **11.yellow** [ˈjɛlo] 黃

😊 **12.navy** [ˈnevɪ] 靛（青色）

😊 **13.purple** [ˈpɝpl] 紫

😊 **14.black** [blæk] 黑

😊 **15.white** [hwaɪt] / [waɪt] 白
　◆ The White House 美國白宮

😊 **16.gray** [gre] 灰

😊 **17.brown** [braʊn] 棕色、咖啡色

背字！
牛刀小試 看中文唸或背或默寫英文，對的打✓

☐1.穿、戴　　　☐2.穿衣、為……穿衣
☐3.穿著紅色　　☐4.繫鞋帶的繫　☐5.顏色
☐6.紅　　　　　☐7.粉紅　　　　☐8.橙
☐9.藍　　　　　☐10.綠　　　　　☐11.黃
☐12.靛（青色）☐13.紫　　　　　☐14.黑
☐15.白　　　　　☐16.灰　　　　　☐17.棕色、咖啡色

九、目錄・尺寸・形狀 😊 MP3 61

會唸
打✅

😊 **1.catalogue** [ˈkætəˌlɔg] 目錄

😊 **2.contents** [ˈkantɛnts] 目錄、目次

😊 **3.size** [saɪz] 尺寸

😊 **4.extra** [ˈɛkstrə] 特別的

😊 **5.extra large** [lardʒ] 特大號、XL

😊 **6.large** [lardʒ] 大的、大號、L

😊 **7.medium** [ˈmidɪəm] 中的、中號、M
　◆ 相關字：middle [ˈmɪdl] 中間的

😊 **8.small** [smɔl] 小的、小號、S

😊 **9.shape** [ʃep] 形狀

😊 **10.long** [lɔŋ] 長的

😊 **11.short** [ʃɔrt] 短的

認字！
牛刀小試　唸英文並說出中文意思，對的打 ˇ

☐1.catalogue	☐2.contents	☐3.size
☐4.extra	☐5.extra large	☐6.large
☐7.medium	☐8.small	☐9.shape
☐10.long	☐11.short	☐12.point
☐13.line	☐14.straight	☐15.round
☐16.circle	☐17.square	

😊 **12.point** [pɔɪnt] 點

😊 **13.line** [laɪn] 線

😊 **14.straight** [stret] 直（的）

😊 **15.round** [raʊnd] 圓

😊 **16.circle** [ˋsɝkl̩] 圓圈

😊 **17.square** [skwɛr] 正方形、方格、廣場

背字！

牛刀小試 看中文唸或背或默寫英文，對的打✓

□1.目錄　　　　□2.目錄、目次　　□3.尺寸
□4.特別的　　　□5.特大號、XL　　□6.大的、大號、L
□7.中的、中號、M □8.小的、小號、S □9.形狀
□10.長的　　　　□11.短的　　　　□12.點
□13.線　　　　　□14.直（的）　　□15.圓
□16.圓圈　　　　□17.正方形、方格、廣場

十、包裝・付錢 😊 MP3 62

會唸
打✓

😊 **1. pack** [pæk] 包

😊 **2. package** [ˈpækɪdʒ] 包裹

😊 **3. packing** [ˈpækɪŋ] 包裝

😊 **4. how much** 多少錢
◆ 同義詞：how much money [ˈmʌnɪ]

😊 **5. price** [praɪs] 價格

😊 **6. on sale** [sel] 廉售、大拍賣
◆ sale銷售
◆ 記法：on sale（在銷售之上）= 廉售、大拍賣

😊 **7. 10% = ten percent** [pɚˈsɛnt] 百分之十

認字！

牛刀小試 唸英文並說出中文意思，對的打✓

□1.pack	□2.package	□3.packing
□4.how much	□5.price	□6.on sale
□7.10% = ten percent		□8.10% off
□9.dollar	□10.cent	□11.10cents
□12.change		

😊 **8.10% off** [ɔf] 九折
- ◆ off離、低於
- ◆ 記法：10% off（10%離）= 九折

😊 **9.dollar** [ˈdɑlɚ] 元（美、加等國的貨幣單位）

😊 **10.cent** [sɛnt] 分（美、加等國的貨幣單位）

😊 **11.10cents** 角（十分 = 一角）

😊 **12.change** [tʃendʒ] 零錢
- ◆ change當動詞時，意思是「改變」

背字！

牛刀小試 看中文唸或背或默寫英文，對的打✓

□1.包	□2.包裹	□3.包裝
□4.多少錢	□5.價格	□6.廉售、大拍賣
□7.百分之十		□8.九折
□9.元	□10.分	□11.角
□12.零錢		

PART 9
形容詞

一、形容詞1（用人物來幫助記憶）

🔊 MP3 63

> **👓王老師小叮嚀**
> 請在＿＿＿上填寫人物或動物的中文或英文稱呼，
> 例如：王老師是最tall高的，方便學習記憶。

會唸
打 ✅

😊 **1.tall** [tɔl] 高的
◆ ＿＿＿＿＿是最tall高的。

😊 **2.short** [ʃɔrt] 矮的
◆ short另有「短的」的意思
◆ ＿＿＿＿＿是最short矮的。

😊 **3.fat** [fæt] 胖的
◆ ＿＿＿＿＿是最fat胖的。

😊 **4.thin** [θɪn] 瘦的
◆ thin另有「薄的」的意思
◆ ＿＿＿＿＿是最thin瘦的。

😊 **5.slim** [slɪm] 苗條的
◆ ＿＿＿＿＿是最slim苗條的。

😊 **6.old** [old] 老的
◆ old另有「舊的」的意思
◆ ＿＿＿＿＿是最old老的。

認字！

牛刀小試　唸英文並說出中文意思，對的打 ✓

☐1.tall	☐2.short	☐3.fat
☐4.thin	☐5.slim	☐6.old
☐7.young	☐8.handsome	☐9.beautiful
☐10.pretty	☐11.ugly	☐12.cute

😊 **7.young** [jʌŋ] 年輕的
◆ _____是最young年輕的。

😊 **8.handsome** [ˈhænsəm] 英俊的
◆ _____是最handsome英俊的。

😊 **9.beautiful** [ˈbjutəfəl] 美麗的
◆ beautiful也可形容事或物的美麗
◆ _____是最beautiful美麗的。

😊 **10.pretty** [ˈprɪtɪ] 漂亮的
◆ pretty當副詞時，意思是「十分地」
◆ _____是最pretty漂亮的。

😐 **11.ugly** [ˈʌglɪ] 醜的
◆ _____是最ugly醜的。
（勿寫認識的人，以免被罵）

😊 **12.cute** [kjut] 嬌小可愛的
◆ _____是最cute嬌小可愛的。

背字！

牛刀小試 看中文唸或背或默寫英文，對的打✓

□1.高的	□2.矮的	□3.胖的
□4.瘦的	□5.苗條的	□6.老的
□7.年輕的	□8.英俊的	□9.美麗的
□10.漂亮的	□11.醜的	□12.嬌小可愛的

會唸
打☑

😊 **13.lovely** [ˈlʌvlɪ] 可愛的
- ◆ love意思是「愛」
- ◆ ＿＿＿＿＿＿是最lovely可愛的。

😀 **14.friendly** [ˈfrɛndlɪ] 友善的
- ◆ friend意思是「朋友」
- ◆ ＿＿＿＿＿＿是最friendly友善的。

😊 **15.outgoing** [ˈaʊtˌgoɪŋ] 友善的、外向的
- ◆ ＿＿＿＿＿＿是最outgoing外向的。

😊 **16.easy-going** 隨和的
- ◆ easy [ˈizɪ] 意思是「容易的、安樂的」
- ◆ ＿＿＿＿＿＿是最easy-going隨和的。

😊 **17.kindly** [ˈkaɪndlɪ] 親切的
- ◆ kind意思是「種類」
- ◆ ＿＿＿＿＿＿是最kindly親切的。

😊 **18.patient** [ˈpeʃənt] 勤勉的、有耐心的
- ◆ patient當名詞時，意思是「病人」
- ◆ ＿＿＿＿＿＿是最patient勤勉的。

認字！
牛刀小試　唸英文並說出中文意思，對的打∨

☐13.lovely	☐14.friendly	☐15.outgoing
☐16.easy-going	☐17.kindly	☐18.patient
☐19.lazy	☐20.noisy	☐21.rich
☐22.poor	☐23.wise	☐24.smart
☐25.stupid		

😊 **19.lazy** ['lezɪ] 懶惰的
- ＿＿＿＿＿是最lazy懶惰的。

😊 **20.noisy** ['nɔɪzɪ] 吵的
- noise [nɔɪz] 意思是「吵鬧」
- ＿＿＿＿＿是最noisy吵的。

😊 **21.rich** [rɪtʃ] 富有的
- ＿＿＿＿＿是最rich富有的。

😊 **22.poor** [pʊr] 窮的、可憐的
- ＿＿＿＿＿是最poor窮的。

😊 **23.wise** [waɪz] 聰明的
- ＿＿＿＿＿是最wise聰明的。

😊 **24.smart** [smɑrt] 伶俐的、精明的
- ＿＿＿＿＿是最smart伶俐的。

😊 **25.stupid** ['stjupɪd] 愚蠢的
- ＿＿＿＿＿是最stupid愚蠢的。
  （勿寫認識的人，以免被罵）

背字！

牛刀小試 看中文唸或背或默寫英文，對的打✓

☐13.可愛的　　　　☐14.友善的　　　　☐15.友善的、外向的
☐16.隨和的　　　　☐17.親切的　　　　☐18.勤勉的、有耐心的
☐19.懶惰的　　　　☐20.吵的　　　　　☐21.富有的
☐22.窮的、可憐的　☐23.聰明的　　　　☐24.伶俐的、精明的
☐25.愚蠢的

會唸
打☑

😊 **26. honest** [ˈɑnɪst] 誠實的
◆ ＿＿＿＿＿是最honest誠實的。

😊 **27. polite** [pəˈlaɪt] 有禮貌的
◆ ＿＿＿＿＿是最polite有禮貌的。

😊 **28. shy** [ʃaɪ] 害羞的
◆ ＿＿＿＿＿是最shy害羞的。

😊 **29. proud** [praʊd] 驕傲的
◆ ＿＿＿＿＿是最proud驕傲的。

😊 **30. lucky** [ˈlʌkɪ] 幸運的
◆ luck [lʌk] 意思是「幸運」
◆ ＿＿＿＿＿是最lucky幸運的。

😊 **31. excellent** [ˈɛksələnt] 最優的
◆ excellent也可譯成「好極了」
◆ ＿＿＿＿＿的英文是最excellent最優的。

😊 **32. favorite** [ˈfevərɪt] 最喜愛的
◆ ＿＿＿＿＿是我最favorite最喜愛的老師。

認字！

牛刀小試 唸英文並說出中文意思，對的打✓

☐26. honest	☐27. polite	☐28. shy
☐29. proud	☐30. lucky	☐31. excellent
☐32. favorite	☐33. close	
☐34. blind	☐35. successful	☐36. national

😊 **33. close** [klos] 親近的、接近的
◆ ＿＿＿＿＿＿是我最close親近的朋友。

😊 **34. blind** [blaɪnd] 盲的
◆ 歌手蕭煌奇是blind盲的，但是歌唱得很好。

😊 **35. successful** [sək`sɛsfəl] 成功的
◆ 郭台銘先生是一位successful成功的企業家。

😊 **36. national** [`næʃənl] 國家的、國立的
◆ 我以後一定要讀national國立的大學。

背字！

牛刀小試 看中文唸或背或默寫英文，對的打ˇ

□26.誠實的	□27.有禮貌的	□28.害羞的
□29.驕傲的	□30.幸運的	□31.最優的
□32.最喜愛的	□33.親近的、接近的	
□34.盲的	□35.成功的	□36.國家的、國立的

二、形容詞2（用交朋友來幫助記憶）

🎧 MP3 64

王老師小叮嚀

請把以下所有「◆」的句子連起來一起唸，用交朋友來幫助記憶。

會唸
打✅

😊 **1.common** [ˈkɑmən] 普通的
◆ 朋友有common普通的，

😊 **2.special** [ˈspɛʃəl] 特別的
◆ 朋友也有special特別的；

😊 **3.same** [sem] 相同的
◆ 朋友的個性有same相同的，

😊 **4.different** [ˈdɪfərənt] 不同的
◆ 朋友的個性也有different不同的；

😊 **5.helpful** [ˈhɛlpfəl] 有幫助的
◆ 有些朋友是helpful有幫助的，

😊 **6.dangerous** [ˈdendʒərəs] 危險的
◆ 有些朋友是dangerous危險的。

認字！

牛刀小試　唸英文並說出中文意思，對的打✓

□1.common	□2.special	□3.same
□4.different	□5.helpful	□6.dangerous
□7.careful	□8.serious	□9.funny
□10.useful	□11.right, correct	□12.wrong
□13.possible		

7.careful [ˈkɛrfəl] 小心的
- ◆ Be careful！要小心！
- ◆ 所以選擇朋友要Be careful！要小心！

8.serious [ˈsɪrɪəs] 嚴肅的、認真的
- ◆ 交朋友時要Be serious！正經點！

9.funny [ˈfʌnɪ] 好玩的、好笑的
- ◆ 不能當做是funny好玩的！

10.useful [ˈjusfəl] 有用的
- ◆ 益友常一起運動、閱讀……，做useful有用的事，

11.right [raɪt] 、 **correct** [kəˈrɛkt] 對的、正確的
- ◆ 益友會做right、correct對的、正確的事；

12.wrong [rɔŋ] 錯的
- ◆ 益友不會去做wrong錯的事，

13.possible [ˈpasəbl̩] 可能的
- ◆ 如果交到損友、不好的朋友，出事是possible可能的，

背字！

牛刀小試 看中文唸或背或默寫英文，對的打 ✓

- ☐ 1.普通的
- ☐ 2.特別的
- ☐ 3.相同的
- ☐ 4.不同的
- ☐ 5.有幫助的
- ☐ 6.危險的
- ☐ 7.小心的
- ☐ 8.嚴肅的、認真的
- ☐ 9.好玩的、好笑的
- ☐ 10.有用的
- ☐ 11.對的、正確的
- ☐ 12.錯的
- ☐ 13.可能的

會唸
打☑

😊 **14.dead** [dɛd] 死的
　◆ 你就死定了。You are dead.

😊 **15.really** [ˈrɪəlɪ] 真地
　◆ real [ˈrɪəl] 當形容詞，意思是「真的」
　◆ 如果問長輩：Really真地嗎？

😊 **16.true** [tru] 真的
　◆ 他們一定回答：It's true.它是真的。

😊 **17.safe** [sef] 安全的
　◆ 所以，要切記：一定不要結交損友，人生才是safe
　　安全的。

😊 **18.terrible** [ˈtɛrəbl] 可怖的
　◆ 世間事，很多是很terrible可怖的，

認字！

牛刀小試　唸英文並說出中文意思，對的打✓

☐14.dead　　　　☐15.really　　　　☐16.true
☐17.safe　　　　☐18.terrible　　　☐19.main
☐20.important　　☐21.sharp

😊 **19.main** [men] 主要的
◆ 交朋友是一生中很<u>main</u>很主要的事，要非常謹慎。

😊 **20.important** [ɪmˊpɔrtənt] 重要的
◆ 選擇益友、遠離損友，是非常<u>important重要的</u>，

😊 **21.sharp** [ʃɑrp] 銳利的、敏銳的
◆ 你一定要有<u>sharp銳利的、敏銳的</u>眼光。

背字！

牛刀小試 看中文唸或背或默寫英文，對的打✓

□14.死的	□15.真地	□16.真的
□17.安全的	□18.可怖的	□19.主要的
□20.重要的	□21.銳利的、敏銳的	

三、形容詞3（用心情來幫助記憶）

🎧 MP3 65

王老師小叮嚀

請把以下所有「◆」的句子連起來一起唸，用心情來幫助記憶。

會唸
打 ✅

😊 **1.angry** [ˋæŋgrɪ] 生氣的
◆ Don't [dont] be angry.不要生氣。

😊 **2.sad** [sæd] 傷心的
◆ Don't be sad.不要傷心。

😊 **3.nervous** [ˋnɝvəs] 緊張的
◆ Don't be nervous.不要緊張。

😊 **4.bad** [bæd] 不好的、壞的
◆ 生氣、傷心、緊張對身體是bad不好的。

😊 **5.sorry** [ˋsɔrɪ] 難過的、抱歉的
◆ 媽媽看到會sorry難過的。

認字！

牛刀小試 唸英文並說出中文意思，對的打 ˇ

☐1.angry	☐2.sad	☐3.nervous
☐4.bad	☐5.sorry	☐6.happy
☐7.unhappy	☐8.good, well	☐9.fine
☐10.sorry	☐11.glad	

☺ **6.happy** [ˈhæpɪ] 快樂的
◆ Be happy.要快樂。

☺ **7.unhappy** [ʌnˈhæpɪ] 不快樂的
◆ 不要unhappy不快樂。

☺ **8.good** [gʊd]、**well** [wɛl] 好的
◆ 快樂對身體是good、well好的。

☺ **9.fine** [faɪn] 很好的
◆ 人家向你問好時，多說：fine很好，謝謝您。

☺ **10.sorry** [ˈsɔrɪ] 抱歉的
◆ 若有做錯事，多說sorry抱歉。

☺ **11.glad** [glæd] 高興的
◆ 媽媽看到妳這麼懂事，會很glad高興的。

背字！

牛刀小試 看中文唸或背或默寫英文，對的打 ✓

☐1.生氣的 　　　☐2.傷心的 　　　☐3.緊張的
☐4.不好的、壞的 ☐5.難過的、抱歉的 ☐6.快樂的
☐7.不快樂的 　　☐8.好的 　　　　☐9.很好的
☐10.抱歉的 　　　☐11.高興的

會唸
打☑

😊 **12.crazy** ['krezɪ]、**mad** [mæd] 瘋狂的
◆ 另外要注意，待人處事不要太crazy、太mad太瘋狂。

😊 **13.loud** [laud] 大聲的、大嗓門的
◆ 講話不要太loud太大聲。

😊 **14.quiet** ['kwaɪət] 安靜的
◆ 易混淆字：quite [kwaɪt] 十分地
◆ 要安靜Be quiet。

😊 **15.silent** ['saɪlənt] 安靜的
◆ 保持安靜Keep [kip] silent。

😊 **16.lonely** ['lonlɪ] 孤單的
◆ 但是，內心不要lonely孤單。

認字！
牛刀小試 唸英文並說出中文意思，對的打ˇ

☐12.crazy, mad	☐13.loud	
☐14.quiet	☐15.silent	
☐16.lonely	☐17.free	
☐18.together	☐19.welcome	☐20.popular

😊 **17.free** [fri] 空閒的、自由的、免費的
◆ 假日如果是free空閒的。

😊 **18.together** [tə'gɛðə] 一起地
◆ 多和益友together一起，一起看書、一起聽音樂……。
◆ together是副詞

😊 **19.welcome** ['wɛlkəm] 受歡迎的
◆ 若有朋友要加入，記得說「welcome歡迎」。

😊 **20.popular** ['pɑpjələ] 受人歡迎的
◆ 這樣，你一定很popular受大家歡迎的。

背字！

牛刀小試 看中文唸或背或默寫英文，對的打 ✓

□12.瘋狂的　　　　□13.大聲的、大嗓門的
□14.安靜的　　　　□15.安靜的
□16.孤單的　　　　□17.空閒的、自由的、免費的
□18.一起地　　　　□19.受歡迎的　　□20.受人歡迎的

四、形容詞4（用「台北市」來幫助記憶）

🎧 MP3 66

> **👓 王老師小叮嚀**
>
> 請把以下所有「◆」的句子連起來一起唸，用「台北市」來幫助記憶。

會唸
打 ✅

😊 **1. modern** [ˈmɑdən] 現代的、摩登的
◆ 台北市是modern現代化的城市，有很多摩天大樓。

😊 **2. famous** [ˈfeməs] 著名的
◆ 台北101是很famous著名的地標。

😊 **3. convenient** [kənˈvinjənt] 方便的
◆ 到處都是超商，購物很convenient方便。

😊 **4. fresh** [frɛʃ] 新鮮的
◆ 超商的東西都很fresh新鮮。

😊 **5. expensive** [ɪkˈspɛnsɪv] 貴的
◆ 台北市的東西有的很expensive貴，

😊 **6. cheap** [tʃip] 便宜的
◆ 有的很cheap便宜，

😊 **7. enough** [əˈnʌf] 足夠的
◆ 只要有enough足夠的錢，什麼東西都可買到。

認字！

牛刀小試 唸英文並說出中文意思，對的打✓

☐1. modern	☐2. famous	☐3. convenient
☐4. fresh	☐5. expensive	☐6. cheap
☐7. enough	☐8. clean	☐9. dirty
☐10. bright	☐11. dark	☐12. clear
☐13. work hard	☐14. easy, simple	
☐15. difficult, hard		

😊 **8.clean** [klin] 乾淨的
◆ 台北市的街道大都很clean乾淨，

😊 **9.dirty** [ˈdɜtɪ] 骯髒的
◆ 但有不少街道很dirty骯髒。

😊 **10.bright** [braɪt] 明亮的
◆ 台北市的街道大都很bright明亮，

😊 **11.dark** [dɑrk] 黑暗的
◆ 也有不少街道很dark黑暗。

😊 **12.clear** [klɪr] 晴朗的、清晰的
◆ 台北的天空大都是clear晴朗的。

😊 **13.work** [wɜk] **hard** [hɑrd] 努力工作
◆ 在台北市生活，只要work hard努力工作，

😊 **14.easy** [ˈizɪ] 容易的、**simple** [ˈsɪmpl] 簡單的
◆ 生活是easy容易的。

😊 **15.difficult** [ˈdɪfəkʌlt] 困難的、**hard** [hɑrd] 艱難的
◆ 若不努力工作，生活將是difficult困難的。

背字！

牛刀小試 看中文唸或背或默寫英文，對的打✓

□1.現代的、摩登的 □2.著名的 □3.方便的
□4.新鮮的 □5.貴的 □6.便宜的
□7.足夠的 □8.乾淨的 □9.骯髒的
□10.明亮的 □11.黑暗的 □12.晴朗的、清晰的
□13.努力工作 □14.容易的，簡單的
□15.困難的，艱難的

五、形容詞5 (用「地形、地物」來幫助記憶)

🎧 MP3 67

👓王老師小叮嚀

「……的」是形容詞;「……地」是副詞。

會唸
打✓

😊 **1.front** [frʌnt] 前面的

😊 **2.back** [bæk] 後面的
　◆back當副詞時,意思是「返回」

😊 **3.left** [lɛft] 左的
　◆left當副詞時,意思是「向左」

😊 **4.right** [raɪt] 右的
　◆right另有「對的」的意思
　◆right當副詞時,意思是「向右」

😊 **5.high** [haɪ] 高的
　◆high當副詞時,意思是「高」

😊 **6.low** [lo] 低的
　◆low當副詞時,意思是「低」

認字!

牛刀小試　唸英文並說出中文意思,對的打✓

□1.front	□2.back	□3.left
□4.right	□5.high	□6.low
□7.top	□8.bottom	□9.up
□10.down	□11.inside	□12.outside
□13.aside	□14.near	

😊 7.top [tɑp] 最上的
◆ top當名詞時，意思是「頂端」

😊 8.bottom [ˋbɑtəm] 最底的
◆ bottom當名詞時，意思是「底部」

😊 9.up [ʌp] 往上的
◆ up當副詞時，意思是「向上」

😊 10.down [daʊn] 向下的
◆ down當副詞時，意思是「向下」

😊 11.inside [ˋɪnˋsaɪd] 內部的
◆ inside當副詞時，意思是「在內」

😊 12.outside [ˋaʊtˋsaɪd] 外部的
◆ outside當副詞時，意思是「在外」

😊 13.aside [əˋsaɪd] 在一旁

😊 14.near [nɪr] 近的
◆ near當副詞時，意思是「近、不遠地」

背字！

牛刀小試 看中文唸或背或默寫英文，對的打 ✓

□1.前面的	□2.後面的	□3.左的
□4.右的	□5.高的	□6.低的
□7.最上的	□8.最底的	□9.往上的
□10.向下的	□11.內部的	□12.外部的
□13.在一旁	□14.近的	

會唸
打☑

😊 **15. close** [klos] 接近的
◆ close當副詞時，意思是「接近地」

😊 **16. far** [fɑr] 遠的
◆ far當副詞時，意思是「遠地」

😊 **17. away** [əˋwe] 遠離的
◆ away當副詞時，意思是「遠地」

😊 **18. off** [ɔf] 離
◆ away和off也可以當副詞

😊 **19. around** [əˋraʊnd] 四處

😊 **20. heavy** [ˋhɛvɪ] 重的
◆ left當副詞時，意思是「向左」

認字！
牛刀小試　唸英文並說出中文意思，對的打 ✓

□15.close	□16.far	□17.away
□18.off	□19.around	□20.heavy
□21.light	□22.hard	□23.soft
□24.thick	□25.thin	

😊 **21.light** [laɪt] 輕的
   ◆ light當名詞時，意思是「燈光」

😊 **22.hard** [hɑrd] 硬的
   ◆ hard當副詞時，意思是「努力地」

😊 **23.soft** [sɔft] 軟的

😊 **24.thick** [θɪk] 厚的、粗的

😊 **25.thin** [θɪn] 薄的、瘦的

背字！

牛刀小試 看中文唸或背或默寫英文，對的打ˇ

□15.接近的	□16.遠的	□17.遠離的
□18.離	□19.四處	□20.重的
□21.輕的	□22.硬的	□23.軟的
□24.厚的、粗的	□25.薄的、瘦的	

王老師英語教室
形容詞的用法

1. 中文意思為「……的」，就叫做形容詞。

2. 形容詞的第一功能是形容名詞，分為傳統型、新型和字多型。例如：

   （1）**a nice boy** 一個好的男孩
   在這裡，nice（好的）是傳統型的形容詞，用來形容名詞boy（男孩）。

   （2）**a <u>sleeping</u> boy** 一個正在睡覺的男孩
   a <u>broken</u> glass 一個打破的玻璃杯
   在這裡，sleeping（正在睡覺的）是sleep（睡覺）的現在分詞；broken（被打破的）是break（打破）的過去分詞。現在分詞和過去分詞可當「新型」形容詞，補傳統型形容詞意思不足之處。（譬如傳統型形容詞沒有「正在睡覺的」這種字。）

   （3）**The boy <u>behind me</u> is Tom.**
   　　　名詞　介詞片語當形容詞
   （在我後面的男孩是湯姆。）
   句中介詞片語behind me（在我後面）是形容前面的名詞boy。（英文字多的形容詞，形容名詞時，因為字多，要放在所形容的名詞的

後面，而不是放在名詞的前面。這種「字多型」形容詞分成片語型（譬如上句）和子句型（譬如下句）。）

The boy <u>who loves me</u> is Tom.
   名詞   子句當形容詞
（愛我的（那）男孩是湯姆。）
句中的子句who loves me是形容前面的名詞boy，
文法上稱為「形容詞子句」。

3. 形容詞第二功能是當補語。形容詞常在be動詞
（am、are、is、was、were）、連綴動詞及不完
全及物動詞後面當補語（補充的話），例如：

（1）**He is <u>happy</u>.** 他是快樂的。＝他很快樂。
這句話裡，happy是形容詞，是在be動詞is後
面當補語。

（2）**He looks <u>happy</u>.**
他看起來快樂的。＝他看起來很快樂。
這句話裡，happy是形容詞，是在連綴動詞
looks（看起來）後面當補語。

（3）**He makes me <u>happy</u>.**
他使我快樂的。＝他使我快樂。
這句話，happy是形容詞，是在不完全及物動
詞makes（使）後面當補語。（不完全及物動
詞更多例句請見本書346頁。）

NOTE

PART 10

副 詞

一、一般最常見，由形容詞加ly變來的副詞

🔊 MP3 68

會唸
打✔

😊 **1.quickly** [ˈkwɪklɪ] 快地
- ◆ quick [kwɪk] 快的（形容詞）
- ◆ 記法：quick + ly = quickly

😊 **2.happily** [ˈhæpɪlɪ] 快樂地
- ◆ happy [ˈhæpɪ] 快樂的（形容詞）
- ◆ 記法：happy – y + ily = happily

認字！

牛刀小試 唸英文並說出中文意思，對的打ˇ

一
☐1.quickly ☐2.happily

二
☐1.fast ☐2.early ☐3.late
☐4.near ☐5.hard ☐6.high

二、和形容詞「字」相同的副詞 😊 MP3 69

		形容詞	副詞
😊	1.	fast [fæst] 快的	fast [fæst] 快地
😊	2.	early [ˈɜlɪ] 早的	early [ˈɜlɪ] 早地
😊	3.	late [let] 遲的	late [let] 遲地
😊	4.	near [nɪr] 近的	near [nɪr] 近地
😊	5.	hard [hɑrd] 努力的	hard [hɑrd] 努力地
😊	6.	high [haɪ] 高的	high [haɪ] 高地

背字！

牛刀小試 看中文唸或背或默寫英文，對的打 ✓

一
□1.快地　　　　□2.快樂地

二
□1.快的、快地　　□2.早的、早地　　□3.遲的、遲地
□4.近的、近地　　□5.努力的、努力地□6.高的、高地

三、有些形容詞加上ly變成副詞，但意思卻變成完全不同 😄 MP3 70

會唸
打 ✅

		形容詞	副詞
😊	1.	hard [hard] 難的、硬的	hardly [ˈhardlɪ] 幾乎不
😊	2.	late [let] 遲的	lately [ˈletlɪ] 最近、近來
😊	3.	near [nɪr] 近的	nearly [ˈnɪrlɪ] 差不多
😊	4.	short [ʃɔrt] 短的、矮的	shortly [ˈʃɔrtlɪ] 不久
😊	5.	high [haɪ] 高的	highly [ˈhaɪlɪ] 很、極
😊	6.	bad [bæd] 不好的、壞的	badly [ˈbædlɪ] 甚
😊	7.	direct [dəˈrɛkt] 直接的	directly [dəˈrɛktlɪ] 立即

認字！
牛刀小試 唸英文並說出中文意思，對的打 ✓

☐ 1.hard, hardly
☐ 3.near, nearly
☐ 5.high, highly
☐ 7.direct, directly

☐ 2.late, lately
☐ 4.short, shortly
☐ 6.bad, badly

背字！

牛刀小試 看中文唸或背或默寫英文，對的打 ˇ

□1.難的、硬的，幾乎不　　　□2.遲的，最近、近來
□3.近的，差不多　　　　　　□4.短的、矮的，不久
□5.高的，很、極　　　　　　□6.不好的、壞的，甚
□7.直接的，立即

四、有些字加上ly卻不是副詞，而是形容詞

🔊 MP3 71

會唸
打☑

😊 **1.kindly** [ˈkaɪndlɪ] 親切的
  ◆ 記法：kind（種類）＋ ly = kindly
  ◆ 注意：kindly雖然有ly，但它並不是副詞，而是形容詞

😊 **2.lovely** [ˈlʌvlɪ] 可愛的
  ◆ 記法：love（愛）＋ ly = lovely
  ◆ 注意：lovely雖然有ly，但它並不是副詞，而是形容詞

😊 **3.likely** [ˈlaɪklɪ] 可能的
  ◆ 記法：like（喜歡）＋ ly = likely
  ◆ 注意：likely雖然有ly，但它並不是副詞，而是形容詞

😊 **4.friendly** [ˈfrɛndlɪ] 友善的
  ◆ 記法：friend（朋友）＋ ly = friendly
  ◆ 注意：friendly雖然有ly，但它並不是副詞，而是形容詞

認字！
牛刀小試　唸英文並說出中文意思，對的打ˇ

□1.kindly　　　□2.lovely　　　□3.likely
□4.friendly　　□5.lonely　　　□6.ugly

5.lonely [ˈlonlɪ] 孤單的
◆ 記法：lone（孤單）＋ ly ＝ lonely
◆ 注意：lonely雖然有ly，但它並不是副詞，而是形容詞

6.ugly [ˈʌglɪ] 醜的
◆ 注意：ugly雖然有ly，但它並不是副詞，而是形容詞

背字！

牛刀小試　看中文唸或背或默寫英文，對的打✓

□1.親切的	□2.可愛的	□3.可能的
□4.友善的	□5.孤單的	□6.醜的

五、描述時空的副詞 😊 MP3 72

會唸
打 ✅

😊 **1.ago** [ə'go] 以前

😊 **2.before** [bɪ'for] 以前

😊 **3.once** [wʌns] 昔日

😊 **4.one day** 有一天、某一天

😊 **5.then** [ðɛn] 那時、然後
　◆ then當連結詞時，意思是「那麼」

😊 **6.ever** ['ɛvə] 曾

😊 **7.never** ['nɛvə] 未曾、從不

認字！
牛刀小試　唸英文並說出中文意思，對的打ˇ

□1.ago	□2.before	□3.once
□4.one day	□5.then	□6.ever
□7.never	□8.just	□9.now
□10.just now	□11.soon	□12.past
□13.moment	□14.this moment	

😊 **8.just** [dʒʌst] 剛剛、剛要
　◆ just另可譯成「只」

😊 **9.now** [naʊ] 現在、此刻

😊 **10.just now** 剛剛、此刻

😊 **11.soon** [sun] 不久、很快地

😊 **12.past** [pæst] 過、過去了

😊 **13.moment** [ˈmomənt] 片刻

😊 **14.this moment** 此刻

背字！

牛刀小試 看中文唸或背或默寫英文，對的打ˇ

□1.以前　　　　　□2.以前　　　　　□3.昔日
□4.有一天、某一天□5.那時、然後　　□6.曾
□7.未曾、從不　　□8.剛剛、剛要　　□9.現在、此刻
□10.剛剛、此刻　　□11.不久、很快地□12.過、過去了
□13.片刻　　　　　□14.此刻

會唸
打☑

😊 **15.already** [ɔlˋrɛdɪ] 已經
　　◆ 相關字：ready [ˋrɛdɪ] 已準備好的

😊 **16.still** [stɪl] 依然

😊 **17.yet** [jɛt] 尚、還

😊 **18.not...yet** 尚未、還未

😊 **19.again** [əˋgɛn] 再

😊 **20.maybe** [ˋmebɪ] 也許

😊 **21.perhaps** [pəˋhæps] 也許

😊 **22.later** [ˋletə] 後來、稍後

認字！
牛刀小試 唸英文並說出中文意思，對的打✓

☐15.already 　　☐16.still 　　☐17.yet
☐18.not...yet 　☐19.again 　　☐20.maybe
☐21.perhaps 　　☐22.later 　　☐23.sooner or later
☐24.finally

😊 **23.sooner** [ˋsunɚ] **or later** 遲早

😊 **24.finally** [ˋfaɪnəlɪ] 最後地、終於

背字！

牛刀小試 看中文唸或背或默寫英文，對的打 ✓

☐15.已經　　　☐16.依然　　　☐17.尚、還
☐18.尚未、還未　☐19.再　　　　☐20.也許
☐21.也許　　　☐22.後來、稍後　☐23.遲早
☐24.最後地、終於

六、加強語氣的副詞 😊 MP3 73

會唸
打 ✅

😊 **1.also** [ˋɔlso] 也

😊 **2.too** [tu] 也、太

◆ too若放句尾時，譯成「也」，用在肯定句，例如：
I am a student,too.我也是學生。

◆ too若放在形容詞或副詞之前，譯成「太」，例如：
I am too sad [sæd].（我是太傷心的。）= 我太傷心。

◆ 看到too...to（動詞）時，不定詞to要譯成「不能」
或「不」，例如：I am too sad to sleep [slip] well
[wɛl].我太傷心不能睡好。

😊 **3.either** [ˋiðɚ] 也

◆ either在否定句句尾時，譯成「也」。例如：I am
not a student,either.我也不是學生。

😊 **4.neither** [ˋniðɚ] 也不

◆ 記法：n + either = neither

認字！
牛刀小試　唸英文並說出中文意思，對的打 ✓

☐ 1.also	☐ 2.too	☐ 3.either
☐ 4.neither	☐ 5.very much	☐ 6.a lot
☐ 7.quite	☐ 8.pretty	☐ 9.only

☺ 5.very [ˈvɛrɪ] **much** [mʌtʃ] 非常地
◆ very非常地
◆ much多地

☺ 6.a lot [lɑt] 很、非常
◆ 注意：a lot和very much意思相近
◆ Thank you very much. = Thanks a lot.非常謝謝。

☺ 7.quite [kwaɪt] 十分地
◆ 易混淆字：quiet [kwaɪət] 安靜的

☺ 8.pretty [ˈprɪtɪ] 非常地
◆ pretty當形容詞時，意思是「漂亮的」

☺ 9.only [ˈonlɪ] 只
◆ only當形容詞時，意思是「唯一的」

背字！

牛刀小試 看中文唸或背或默寫英文，對的打ˇ

□1.也	□2.也、太	□3.也
□4.也不	□5.非常	□6.很、非常
□7.十分地	□8.非常地	□9.只

會唸
打✔

😊 **10.more** [mor] 更

😊 **11.more than** [ðæn] 超過、多過

😊 **12.most** [most] 最
◆pretty當名詞時，意思是「大部分」

😊 **13.so** [so] 如此地
◆so用來接續形容詞或副詞。例如：I am so sad.我是如此地傷心（的）。
◆看到...so（如此地）...that（接子句）時，「that」要譯成「以致」。例如：I am so sad that I can't sleep well. 我是如此地傷心，以致我不能睡好。

認字！
牛刀小試　唸英文並說出中文意思，對的打✓

☐10.more	☐11.more than	☐12.most
☐13.so	☐14.such	

☺ **14.such** [sʌtʃ] 如此的

◆ such後面要接續名詞區，例如：I am such a sad man.我是如此的一個傷心人。（a sad man是名詞區）

◆ 看到...such（如此的）...that（接子句）時，「that」要譯成「以致」，例如：I am such a sad man that I can't sleep well.我是如此的一個傷心人，以致我不能睡好。（a sad man是名詞區）

背字！

牛刀小試 看中文唸或背或默寫英文，對的打 ✓

□10.更　　　　□11.超過、多過　□12.最
□13.如此地　　□14.如此的

七、表示頻率的副詞 😀 MP3 74

會唸
打☑

😀 **1.always** [ˈɔlwez] 總是
　◆ 反義詞：not always並非總是

😀 **2.often** [ˈɔfən] 時常
　◆ 反義詞：not often不常

😀 **3.usually** [ˈjuʒʊəlɪ] 通常
　◆ 反義詞：not usually不經常

😀 **4.sometimes** [ˈsʌmˌtaɪmz] 有時
　◆ 注意：sometimes前面不能加not

😀 **5.seldom** [ˈsɛldəm] 很少
　◆ 注意：seldom前面不能加not

😀 **6.hardly** [ˈhɑrdlɪ] 幾乎不、幾乎沒

認字！
牛刀小試　唸英文並說出中文意思，對的打 ˇ

☐ 1.always　　　☐ 2.often　　　☐ 3.usually
☐ 4.sometimes　☐ 5.seldom　　☐ 6.hardly

背字！

牛刀小試 看中文唸或背或默寫英文，對的打✓

□1.總是	□2.時常	□3.通常
□4.有時	□5.很少	□6.幾乎不、幾乎沒

八、表示次數的副詞　😀 MP3 75

會唸
打✓

😀 **1. how often** [ˈɔfən] 多常、多久一次

😊 **2. once** [wʌns] 一次
- ◆ 同義詞：one time
- ◆ time [taɪm] 時間、次

😊 **3. twice** [twaɪs] 二次
- ◆ 同義詞：two times

😀 **4. thrice** [θraɪs] 三次
- ◆ 同義詞：three times

😀 **5. several** [ˈsɛvərəl] **times** 數次

😊 **6. how many** [ˈmɛnɪ] **times** 多少次

😊 **7. every** [ˈɛvrɪ] **Sunday** 每週日

認字！
牛刀小試　唸英文並說出中文意思，對的打 ✓

☐ 1. how often　☐ 2. once　☐ 3. twice
☐ 4. thrice　☐ 5. several times　☐ 6. how many times
☐ 7. every Sunday　☐ 8. two days a week
☐ 9. two meals a day　☐ 10. twice a day

😊 **8.two days a week** 一週二天
　◆記法：two days a week（二天一週）＝一週二天

😊 **9.two meals [milz] a day** 一天二餐
　◆記法：two meals a day（二餐一天）＝一天二餐

😊 **10.twice a day** 一天二次
　◆記法：twice a day（二次一天）＝一天二次

背字！

牛刀小試　看中文唸或背或默寫英文，對的打ˇ

□1.多常、多久一次	□2.一次	□3.二次
□4.三次	□5.數次	□6.多少次
□7.每週日	□8.一週二天	
□9.一天二餐	□10.一天二次	

王老師英語教室
副詞的用法

1.中文意思為「……地」，就叫做副詞。但不一定有「地」這個字。

2.副詞可以用來形容（1）動詞；（2）形容詞；（3）其他副詞。

3.副詞一般只是扮演「插花」的角色，是用來強調意思的。所以我們若把句子中的副詞拿掉，句子的文法結構還是對的，只是意思或口氣變化而已。例如：

（1）**I am happy.**（我很快樂。）
加上副詞very（非常地），變成I am very happy.（我非常快樂。）

但若把副詞very拿掉，句子I am happy.依然是正確的。

（2）**It is warm.**（天氣很暖和。）
加上時間副詞today（今天），變成It is warm today.（今天很暖和。）

但若把時間副詞today拿掉，句子It is warm.依然是正確的。

4.若我們想把副詞加在動詞旁邊時：
　（1）假如是be動詞（am、are、is、was、were），
　　　副詞一般是加在be動詞的後面。例如：

　　　I **am** also... 我也是……
　　　　　是　也

　　　（記法：中英文順序相反）

　（2）假如是一般動詞（例如：go去），副詞一般是
　　　加在動詞的前面。例如：

　　　I also **go**... 我也去……
　　　　　也　去

　　　（記法：中英文順序相同）

5.只要是形容動詞的都叫做副詞。形容動作的時間我
　們特別取名叫做「時間副詞」；形容動作的次數叫
　做「次數副詞」；形容動作的地點叫做「地點副
　詞」……，例如：

　（1）He runs <u>every day</u>.
　　　　　　　　時間副詞
　　　（他跑每天。）＝ 他每天跑。

　（2）He runs <u>twice a day</u>.
　　　　　　　　次數副詞
　　　（他跑二次一天。）＝ 他一天跑二次。

　（3）He runs <u>here</u>.
　　　　　　　地點副詞
　　　（他跑在這裡。）＝ 他在這裡跑。

6.要知道，副詞不一定只是一個字，它也可能是一個
片語或是一個子句（子句就是句中句，有自己的主
詞、動詞），只要它們是用來形容動詞的，都是副
詞，例如：

（1）He runs <u>in the classroom</u>.
　　　　　　介詞片語當副詞
　　（他跑在教室裡。）＝ 他在教室裡跑。

　　本句介詞片語in the classroom是形容詞動詞
　　runs（跑），所以是當副詞。

（2）I was sleeping <u>when you came</u>.
　　　　　　　　　子句當副詞
　　（我正在睡覺當你來。）＝ 你來時，我在睡覺。

　　本句中連接詞when所帶的子句when you came
　　形容過去進行式was sleeping的過去時空背景，
　　所以也是當副詞，傳統文法上可稱為副詞子句。

7.副詞也可以放在名詞後面，強調前面的名詞。例如：

The students <u>there</u> are from Taipei.
（在那兒的學生們來自台北。）

　　句中的there（在那兒）是地點副詞，用來強調前面
　　的名詞students（學生）。

PART 11

形容詞・副詞的
比較級和最高級

一、比較級和最高級（簡介）

1.意義
◆ 比較級是「比較……的」、「比較……地」
◆ 最高級是「最……的」、「最……地」

2.適用對象
◆ 只有形容詞和副詞才有比較級和最高級

3.用法
◆ 比較級和最高級只是用來強調語氣
◆ 形容詞的比較級或最高級還是一樣是形容詞的功能，只是樣子有些不同
◆ 副詞的比較級或最高級還是一樣是副詞的功能，只是樣子有些不同

認字！

牛刀小試 唸英文並說出中文意思，對的打✓

☐1.long	☐2.longer	☐3.longest
☐4.beautiful	☐5.more beautiful	☐6.most beautiful

二、比較級和最高級（規則型的樣子）

MP3 76

會唸
打 ✅

😊 **1.long** [lɔŋ] 長的

😊 **2.longer** [ˈlɔŋgə] 較長的
  ◆ 單音節的字，字尾加er是比較級的樣子之一

😊 **3.longest** [ˈlɔŋgɪst] 最長的
  ◆ 單音節的字，字尾加est是最高級的樣子之一

😊 **4.beautiful** [ˈbjutəfəl] 美麗的

😊 **5.more** [mor] **beautiful** 較美麗的
  ◆ 大部分雙音節以上的字，前面加more（比較、更），則是比較級的另一種樣子

😊 **6.most** [most] **beautiful** 最美麗的
  ◆ 大部分雙音節以上的字，前面加most（最），則是最高級的另一種樣子

背字！

牛刀小試 看中文唸或背或默寫英文，對的打 ✓

□1.長的　　　　□2.較長的　　　　□3.最長的
□4.美麗的　　　□5.較美麗的　　　□6.最美麗的

三、比較級和最高級（不規則型的樣子）

🔊 **MP3 77**

會唸
打✅

😊 **1.good** [gud] 好的

😊 **2.better** ['bɛtə] 較好的
　　◆注意：不是good + er

😊 **3.best** [bɛst] 最好的
　　◆注意：不是good + est

😊 **4.bad** [bæd] 壞的

😊 **5.worse** [wɜs] 較壞的
　　◆注意：不是bad + er

😊 **6.worst** [wɜst] 最壞的
　　◆注意：不是bad + est

😊 **7.much** [mʌtʃ] 許多的

認字！

牛刀小試　唸英文並說出中文意思，對的打 ✓

☐1.good	☐2.better	☐3.best
☐4.bad	☐5.worse	☐6.worst
☐7.much	☐8.more	☐9.most
☐10.little	☐11.less	☐12.least

😊 **8.more** 較多的
◆ 注意：不是much + er

😊 **9.most** 最多的
◆ 注意：不是much + est

😊 **10.little** ['lɪtl] 少量的

😊 **11.less** [lɛs] 較少的
◆ 注意：不是little + er

😊 **12.least** [list] 最少的

背字！

牛刀小試 看中文唸或背或默寫英文，對的打 ˇ

□1.好的	□2.較好的	□3.最好的
□4.壞的	□5.較壞的	□6.最壞的
□7.許多的	□8.較多的	□9.最多的
□10.少量的	□11.較少的	□12.最少的

NOTE

PART 12
介　詞

一、一般介詞 😊 MP3 78

會唸
打 ✅

😊 **1.of** [əv] 屬於……的

😊 **2.at** [æt] 在

😊 **3.on** [ɑn] 在……之上
　◆ 同義字：upon [ə'pɑn]、above [ə'bʌv]

😊 **4.under** ['ʌndə] 在……之下
　◆ 同義字：below [bə'lo]

😊 **5.in** [ɪn] 在……之內
　◆ 同義字：within [wɪ'ðɪn]、inside ['ɪn'saɪd]

😊 **6.into** ['ɪntu] 進入……內、入、變成

😊 **7.between** [bə'twin] 在……之間（二者之間）

😊 **8.among** [ə'mʌŋ] 在……之間（三者以上之間）

😊 **9.before** [bɪ'for] 在……之前
　◆ before當副詞時，意思是「以前」

認字！
牛刀小試　唸英文並說出中文意思，對的打 ✓

☐1.of	☐2.at	☐3.on
☐4.under	☐5.in	☐6.into
☐7.between	☐8.among	
☐9.before	☐10.in front of	☐11.after
☐12.in back of	☐13.around	☐14.beside
☐15.next to	☐16.near	☐17.along
☐18.down		

10.in front of 在……前面
  ◆ front [frʌnt] 前面

11.after [ˋæftə] 在……之後

12.in back of 在……後面
  ◆ back [bæk] 後面、背

13.around [əˋraʊnd] 環繞、在……四周
  ◆ around當副詞時，意思是「四處」

14.beside [bɪˋsaɪd] 在……旁
  ◆ 同義字：by [baɪ]

15.next [nɛkst] **to** 在……隔壁
  ◆ next下一個

16.near [nɪr] 在……附近

17.along [əˋlɔŋ] 沿著

18.down [daʊn] 沿著（沿著下）

背字！

牛刀小試 看中文唸或背或默寫英文，對的打ˇ

□1.屬於……的　　□2.在　　　　□3.在……之上
□4.在……之下　　□5.在……之內　　□6.進入……內
□7.在……之間（二者）　　□8.在……之間（三者）
□9.在……之前　　□10.在……前面　□11.在……之後
□12.在……後面　　□13.環繞　　　　□14.在……旁
□15.在……隔壁　□16.在……附近　□17.沿著
□18.沿著下

會唸
打✅

😊 **19.from** [fram] **...to** [tu] 從……到

😊 **20.during** ['djʊrɪŋ] 在……期間

😊 **21.since** [sɪns] 自從

😊 **22.by** [baɪ] 經過

😊 **23.through** [θru] 穿過、通過、透過、經由

😊 **24.beyond** [bɪ'jɑnd] 越過

😊 **25.across** [ə'krɔs] 橫越
   ◆ 易混淆字：cross [krɔs] 是動詞，意思是「橫越」

😊 **26.across from** [fram] 在……對面、對面於

😊 **27.till** [tɪl] 直到
   ◆ 同義字：until [ən'tɪl]

😊 **28.thanks to A** 由於A、幸虧A
   ◆ thanks [θæŋks] 感謝

認字！

牛刀小試 唸英文並說出中文意思，對的打 ✔

☐19.from...to	☐20.during	☐21.since
☐22.by	☐23.through	☐24.beyond
☐25.across	☐26.across from	☐27.till
☐28.thanks to A	☐29.because of A	
☐30.besides	☐31.except	
☐32.with	☐33.without	☐34.for
☐35.as	☐36.like	

29. because [bɪˋkɔz] **of A** 因為A
- because因為

30. besides [bɪˋsaɪdz] 除……之外，還……
- 易混淆字：beside [bɪˋsaɪd] 意思是「在……旁」

31. except [ɪkˋsɛpt] 除……之外

32. with [wɪð] 與……、用……、有著……
- with me與我
- with a knife用刀子
- with long hair有著長頭髮

33. without [wɪˋðaut] 沒有、若沒有

34. for [fɔr] 給……、為……

35. as [æz] 擔任、像
- as當副詞時，意思是「如此地」

36. like [laɪk] 像
- like當動詞時，意思是「喜歡」

背字！

牛刀小試 看中文唸或背或默寫英文，對的打ˇ

□19.從……到	□20.在……期間	□21.自從
□22.經過	□23.穿過、透過	□24.越過
□25.橫越	□26.在……對面	□27.直到
□28.由於A、幸虧A	□29.因為A	
□30.除……之外，還……	□31.除……之外	
□32.與……	□33.沒有、若沒有	□34.給……
□35.擔任、像	□36.像	

二、在時間前面常見的介詞 😊 MP3 79

會唸
打 ✔

😊 **1.in** [ɪn] 在……之內

- ◆ in 2000在2000年，2000年在一世紀之內，所以在 2000年的「在」用in
- ◆ in May在五月，五月在一年之內，所以在五月的 「在」用in
- ◆ in the morning在早晨，早晨在一天之內，所以在早 晨的「在」用in
- ◆ in也可譯成「等或過」，例如「in two days」意思 是「等二天、過二天」

😊 **2.on** [ɑn] 在……之上

- ◆ on Sunday在週日，週日在日曆之上，所以在週日 的「在」用on
- ◆ on Jan.1在一月一日，一月一日在日曆之上，所以 在一月一日的「在」用on

認字！

牛刀小試 唸英文並說出中文意思，對的打 ˇ

□1.in　　　　□2.on　　　　□3.at
□4.by　　　　□5.for

😊 3.at [æt] 在短時間的「在」

◆ at seven在七點，七點是短時間，所以在七點的
「在」用at

◆ at noon [nun] 在正午，正午是短時間，所以在正午
的「在」用at

◆ at night [naɪt] 在夜晚，夜晚是短時間，所以在夜晚
的「在」用at

😊 4.by [baɪ] 在……之前

◆ by若接時間，要譯成「在……之前」

◆ by ten在十點之前

😊 5.for [fɔr] 經過、為時

◆ for若接時間，譯成「經過」或「為時」

◆ for a week [wik] 過一週、為時一週

背字！

牛刀小試 看中文唸或背或默寫英文，對的打 ✓

□1.在……之內　　□2.在……之上　　□3.在短時間的「在」
□4.在……之前　　□5.經過、為時

王老師英語教室
可當介詞也可當不定詞的「to」這個字

1. 當一個動詞後面有另一個動詞時，一般而言，後面動詞的前面要加一個to [tu]，這個to叫做不定詞。例如：

   I want to play basketball.
   （我想要打籃球。）

   其中want [wɑnt]（想要）是動詞，play（打球的打）是動詞，play前面的to叫做不定詞。

2. 若to的後面接名詞或動名詞（字尾ing）當受詞，則這個to是介詞。例如：

   （1）**I go to school.**（我去學校。）＝ 我上學。

   　　　to後面接的school（學校）是名詞，當to的受詞，所以這個to是介詞。

   （2）**I am used to playing basketball.**
   　　　（我習慣於打籃球。）

   　　　am used to譯成「習慣於」，其中to是介詞，所以後面的動詞play要改成動名詞playing [ˈpleɪŋ]，因為動名詞就是名詞，才可以當介詞to的受詞。

王老師英語教室

介詞的用法

1.介詞用法
　（1）介詞後面要接名詞（或名詞系列：名詞片
　　　　語、名詞子句）當受詞，受詞若有受格要用
　　　　受格，例如：
　　　　I look <u>at</u> him.（我看（著）他。）

　　　　本句我看他的「他」是當介詞at的受詞，
　　　　「他」有受格him就要用受格，所以要說
　　　　I look at him.而不是I look at he.

　（2）介詞後面若接動詞（動作）時，動詞要改動
　　　　名詞（字尾ing），因為動名詞就是名詞，才
　　　　可以當介詞的受詞，例如：
　　　　I keep <u>on</u> playing basketball.
　　　　（我繼續打（著）籃球。）

　　　　本句介詞on後面遇到動詞play，play要改成動
　　　　名詞playing當介詞on的受詞。

2.介詞帶領的小隊伍叫做介詞片語,介詞片語最常見
的三種用法:

（1）I am in the classroom.
（我是在教室。）＝我在教室。

本句介詞片語in the classroom在be動詞後
面,是當補語（補充的話）。

（2）The boy behind me is Tom.
（在我後面的（那）男孩是湯姆。）

本句的介詞片語behind me是「字多型」的形
容詞,放在名詞boy（男孩）後面,是用來強
調boy是什麼樣的男孩,The boy behind me譯
成「在我後面的（那）男孩」（「字多型」形
容詞請見本書260-261頁。）

（3）I play basketball with my friend.
（我和（我的）朋友打籃球。）

本句的介詞片語with my friend是形容動詞
play,是扮演副詞的角色（形容動詞的是副
詞）。

王老師英語教室
動詞加ing

1. 動詞加ing有兩種稱呼：一叫「現在分詞」；二叫「動名詞」。「動名詞」就是「名詞」，只是「有動作味道的名詞」。既然是名詞，就可以當主詞、受詞、補語。動名詞或動名詞片語代表的是「一件事」。

2. 動詞加ing的方法：
   (1) 一般動詞，直接加ing，例如 fish [fɪʃ] 釣魚，變成 fishing [ˋfɪʃɪŋ]。

   (2) 子母子（二個子音夾一母音），最後子音再加一次，然後再加ing，例如 jog [dʒɑg] 慢跑，變成 jogging [ˋdʒɑgɪŋ]。

   (3) 碰到子母子e（二個子音夾一母音尾巴有e）或字尾的e不發音的動詞，此時要先去掉e，再加ing，例如 hike [haɪk] 健行，變成 hiking [ˋhaɪkɪŋ]；dance [dæns] 跳舞，變成 dancing [ˋdænsɪŋ]。

   (4) 字尾有ie的動詞，先將ie改成y，再加ing，例如 die [daɪ] 死掉，變成 dying [ˋdaɪɪŋ]（垂死的）；lie [laɪ] 躺、說謊，變成 lying [ˋlaɪɪŋ]。

NOTE

PART 13
連接詞

一、常見連接詞

王老師英語教室

連接詞的用法

一、常見連接詞 😄 MP3 80

會唸
打✅

😊 **1.and** [ænd] 和、而且

😊 **2.but** [bʌt] 但是
◆ but當副詞時，意思是「只」

😊 **3.or** [ɔr] 或
◆ or連接一個子句時，常譯成「否則」

😊 **4.either** [ˈiðə] 或
◆ either若放句尾，當副詞時，意思是「也」

😊 **5.either A or B** 或A或B、不是A就是B（強調二者有其一）

😊 **6.nor** [nɔr] 也不

😊 **7.neither** [ˈniðə] 既不、也不

😊 **8.neither A nor B** 既非A也非B、A和B都非（二者皆非）

😊 **9.unless** [ənˈlɛs] 除非

認字！

牛刀小試　唸英文並說出中文意思，對的打 ✓

☐1.and	☐2.but	☐3.or
☐4.either	☐5.either A or B	☐6.nor
☐7.neither	☐8.neither A nor B	☐9.unless
☐10.if	☐11.whether	☐12.though
☐13.as	☐14.such as	☐15.as if
☐16.as long as	☐17.even if	

😊 **10.if** [ɪf] 假如、是否

😊 **11.whether** [ˈhwɛðə] 是否

😊 **12.though** [ðo] 雖然
◆ 同義字：although [ɔlˈðo]

😊 **13.as** [æz] 像
◆ as當介詞時，意思是「擔任」
◆ as當副詞時，意思是「如此地」

😊 **14.such** [sʌtʃ] **as** 像、諸如

😊 **15.as if** 好像
◆ 同義詞：as though

😊 **16.as long** [lɔŋ] **as** 只要
◆ long長的、長久地

😊 **17.even** [ˈivən] **if** 即使
◆ even甚至、即使
◆ 同義詞：even though

背字！

牛刀小試 看中文唸或背或默寫英文，對的打✓

□1.和、而且	□2.但是	□3.或
□4.或	□5.或A或B	□6.也不
□7.既不、也不	□8.既非A也非B	□9.除非
□10.假如、是否	□11.是否	□12.雖然
□13.像	□14.像、諸如	□15.好像
□16.只要	□17.即使	

會唸
打✓

😊 **18.before** [bɪˋfor] 在……之前
　◆ before當副詞時，意思是「以前」

😊 **19.after** [ˋæftə] 在……之後

😊 **20.since** [sɪns] 自從

😊 **21.till** [tɪl] 直到
　◆ 同義字：until [ənˋtɪl]

😊 **22.than** [ðæn] 比
　◆ more than越過，more [mor] 意思是「更多」

😊 **23.when** [hwɛn] 當
　◆ 同義字：while [hwaɪl]、as [æz]

😊 **24.because** [bɪˋkɔz] 因為
　◆ 同義字：for [fɔr]

😊 **25.so** [so] **that** [ðæt] 以便
　◆ …so…that + 子句，譯成「如此地……以致……」
　◆ …such…that + 子句，譯成「如此的……以致……」
　◆ …so that + 子句，譯成「……以便……」

認字！
牛刀小試　唸英文並說出中文意思，對的打✓

□18.before	□19.after	□20.since
□21.till	□22.than	□23.when
□24.because		□25.so that
□26.not only A…but also B		□27.both
□28.both A and B	□29.whether	□30.whether A or B
□31.however	□32.no matter	

😊 **26.not only A…but also B…** 不但A而且B

😊 **27.both** [boθ] 二者都

😊 **28.both A and B** A和B二者都、既A也B
◆注意：此句型強調「都」

😊 **29.whether** [ˋhwɛðə] 不論

😊 **30.whether A or B** 不論A或B
◆注意：此句型強調「不論」

😊 **31.however** [hauˋɛvə] 然而
◆注意：however當副詞時，意思是「無論如何」

😊 **32.no matter** [ˋmætə] 無論
◆ no matter what無論什麼
◆ no matter who無論誰
◆ no matter when無論何時
◆ no matter where無論何地
◆ no matter why無論為什麼
◆ no matter how無論如何

背字！
牛刀小試 看中文唸或背或默寫英文，對的打✓

□18.在……之前	□19.在……之後	□20.自從
□21.直到	□22.比	□23.當
□24.因為		□25.以便
□26.不但A而且B		□27.二者都
□28.A和B二者都	□29.不論	□30.不論A或B
□31.然而	□32.無論	

王老師英語教室
連接詞的用法

1. 連接詞就是連接字和字、字群和字群、子句和子句。例如：

   （1）**John and Tom are friends.**
   （約翰和湯姆是朋友。）

   　連接詞and（和）連接John和Tom這二個字。

   （2）**My dad is a doctor, and my mom is a nurse.**
   （我的爸爸是個醫生，而我的媽媽是個護士。）

   　連接詞and（和）連接，My dad is a doctor.和 my mom is a nurse.二個子句。

2. 子句就是句中句（大句中的小句子），子句和句子一樣都有自己的主詞和動詞。任何一個子句想要進入另一個句子中當子句，必須有連接詞帶隊，當關係人、聯絡人。例如：

   （1）**I guess that he is a good man.**
   （我猜他是個好人。）

   　本句的that是連接詞，帶領子句he is a good man.進入大句子中。連接詞that一般是沒有意思的，是個默默的領隊。

（2）**I think (that) Jenny is pretty.**
（我認為珍妮很美。）

當主要句子中動詞是感知動詞（也就是感覺或知曉的動詞）：think（想、認為）、feel（感覺）、hear（聽）、believe（相信），連接詞that可以省略。當我們看到這種沒有連接詞that的句子時要了解，不要驚訝。

（3）**I am happy (that) I got a new bike.**
（我很高興得到一部新的腳踏車。）

當主要句子有表達情緒的形容詞：happy（快樂的）、glad（高興的）、surprised（感到驚訝的）、worried（感到擔心的）、afraid（害怕的）、angry（生氣的）、sad（傷心的）、sorry（抱歉的），連接詞that可以省略。當我們看到這種沒有連接詞that的句子時要了解，不要驚訝。

NOTE

PART 14
動　詞

一、助動詞 😊 MP3 81

1. 助動詞幫助動詞表達三種不同口氣（以Can為例）。
   (1) 放句首表達疑問口氣：
       You can swim.→Can you swim?
   (2) 加not表達否定口氣：→You cannot swim.
   (3) 一夫當關表達簡答口氣：Yes, I can.
2. 英文句子中若有助動詞，動詞要用原形。

會唸
打 ✓

	現在式	過去式	中文
😊 1.	do [du] does [dʌs]	did [dɪd]	當助動詞是當 義工沒有意思
😊 2.	shall [ʃæl]	should [ʃud]	將 should常譯成 「應該」
😊 3.	will [wɪl]	would [wud]	將
😊 4.	can [kæn]	could [kud]	能
😊 5.	may [me]	might [maɪt]	可以、可能
😊 6.	must [mʌst]	had [hæd] to	必須、必定
😊 7.	have [hæv] to has [hæz] to	had to	必須、必要
😊 8.		had better [ˈbɛtɚ]	最好
😊 9.		used [just] to	以前是、以前常

認字！

牛刀小試 唸英文並說出中文意思，對的打 ✓

☐ 1.do, does, did   ☐ 2.shall, should   ☐ 3.will, would
☐ 4.can, could   ☐ 5.may, might   ☐ 6.must, had to
☐ 7.have to, has to, had to   ☐ 8.had better
☐ 9.used to

He swims. →Can he swim?

3. 若一個句子沒有助動詞，則改疑問句、否定句時要請do系列幫忙。此時do系列是當義工，沒意思。

You swim. →Do you swim?→You do not swim.

4. 有些助動詞，例如should（應該），had better（最好）雖然是過去式的樣子，但使用時不限時空。

註

◆ shall也可譯成「……好嗎？」

◆ Shall I... ? 我（做什麼）好嗎？

◆ Shall we... ? 我們（做什麼）好嗎？

◆ will也可譯成「……好嗎？」

◆ Will you... ? 你可以好嗎？

◆ Would you... ? 請你可以好嗎？

◆ can't but譯成「不得不」（後面動詞接原形）

◆ can't help譯成「不得不」（後面動詞要改動名詞）

◆ may not「未必、不一定」

◆ must not = mustn't [ˋmʌsn̩t] 譯成「不可以、不准」

◆ must be譯成「必定是」

◆ don't [dont] have to或doesn't [ˋdʌznt] have to 譯成「不必、不必要」

◆ had better not 譯成「最好不、最好別」

◆ used not to 譯成「以前不、以前不會」

背字！

牛刀小試　看中文唸或背或默寫英文，對的打 ✓

☐ 1. 助動詞　　　☐ 2. 將、應該　　　☐ 3. 將
☐ 4. 能　　　　　☐ 5. 可以、可能　　☐ 6. 必須、必定
☐ 7. 必須、必要　☐ 8. 最好
☐ 9. 以前是、以前常

二、動詞（用「實用短句」幫助記憶，有些並搭配有反義字詞） 😊 MP3 82

會唸
打 ✓

😊 **1.leave** [liv] 離開
- ◆ I am leaving [ˈlivɪŋ]. 我要走了。（leaving是現在分詞）

😊 **2.leave** 遺留、遺忘
- ◆ Leave me alone [əˈlon]. （留下我單獨的。）
  = 不要理我。

😊 **3.stay** [ste] 停留
- ◆ stay in the hotel [hoˈtɛl] 住在飯店
- ◆ 注意：不是「停留在飯店」的意思

😊 **4.stay** 保持
- ◆ stay happy保持快樂（的）
- ◆ 注意：stay若接形容詞，意思是「保持」

😊 **5.appear** [əˈpɪr] 出現、似乎、顯得
- ◆ He appears quite old. （他顯得十分地老的。） =
  他顯得很老。

😊 **6.begin** [bɪˈgɪn] 開始

認字！
牛刀小試 唸英文並說出中文意思，對的打 ✓

☐ 1.leave	☐ 2.leave	☐ 3.stay
☐ 4.stay	☐ 5.appear	☐ 6.begin
☐ 7.start	☐ 8.arrive	☐ 9.end
☐ 10.finish	☐ 11.bring	☐ 12.take

7.start [start] 開始、出發

◆ I start my family ['fæməlɪ]. (我開始我的家庭。)
= 我建立我的家庭。

8.arrive [ə'raɪv] 到達

9.end [ɛnd] 結束、末

◆ 相關字：weekend ['wik'ɛnd] 週末

10.finish ['fɪnɪʃ] 結束、完成

◆ You are finished ['fɪnɪʃt]. 你完了。

11.bring [brɪŋ] 帶來

◆ Bring me some water, please. 請給我取些水來。

12.take [tek] 帶走

◆ Take it. (帶走它。) = 送給你。
◆ Take me home. 帶我回家。(home是副詞，前面不能加to)
◆ go home 回家
◆ walk [wɔk] home 走路回家
◆ arrive home 到家

背字！

牛刀小試 看中文唸或背或默寫英文，對的打 ✓

☐ 1.離開　　　☐ 2.遺留、遺忘　☐ 3.停留
☐ 4.保持　　　☐ 5.出現、似乎　☐ 6.開始
☐ 7.開始、出發　☐ 8.到達　　　☐ 9.結束、末
☐ 10.結束、完成　☐ 11.帶來　　　☐ 12.帶走

會唸
打✅

😊 **13.buy** [baɪ] 買
◆ Buy one get one free. 買一送一。（get [gɛt] 是「得到」的意思；free [fri] 是「免費的」的意思）

😊 **14.sell** [sɛl] 賣

😊 **15.wash** [waʃ] 洗

😊 **16.mop** [mɑp] 拖地的「拖」

😊 **17.sweep** [swip] 打掃

😊 **18.clean** [klin] 清掃
◆ Clean this! 把這弄乾淨！

😊 **19.clear** [klɪr] 弄清
◆ I clear my throat [θrot]. （我弄清我的喉嚨。）
= 我清嗓子。

😊 **20.close** [kloz] 關

😊 **21.shut** [ʃʌt] 關
◆ Shut up! 閉嘴！

認字！
牛刀小試　唸英文並說出中文意思，對的打✓

☐13.buy	☐14.sell	☐15.wash
☐16.mop	☐17.sweep	☐18.clean
☐19.clear	☐20.close	☐21.shut
☐22.open	☐23.come	☐24.go
☐25.die	☐26.live	☐27.excuse

22.open [ˋopən] 開
◆ Open up! 開門！

23.come [kʌm] 來
◆ come的現在分詞是coming [ˋkʌmɪŋ]
◆ Coming, Mary? 來不來啊，瑪莉？
◆ Come again [əˋgɛn] .再來喔！
◆ Come along [əˋlɔŋ] .跟我來。
◆ How come? 為什麼？

24.go [go] 去
◆ Go for it! 加油！（for [fɔr] 是「為、赴」的意思）

25.die [daɪ] 死
◆ You die.你死定了。（玩笑口氣）

26.live [lɪv] 活、住
◆ You'll live.（你將活。）= 你死不了。
◆ I live alone [əˋlon].（我住單獨地。）= 我一個人住。

27.excuse [ɪkˋskjuz] 寬恕
◆ Excuse me. 抱歉、借過。

背字！

牛刀小試 看中文唸或背或默寫英文，對的打✓

□13.買	□14.賣	□15.洗
□16.拖地的「拖」	□17.打掃	□18.清掃
□19.弄清	□20.關	□21.關
□22.開	□23.來	□24.去
□25.死	□26.活、住	□27.寬恕

會唸
打✅

😊 **28.blame** [blem] 責備
◆ Don't blame me. 不要責備我。

😊 **29.rise** [raɪz] 升起
◆ All rise! 起立！

😊 **30.set** [sɛt] 下沈
◆ 注意：set指月亮、太陽的下沈

😊 **31.fill** [fɪl] 使滿
◆ Fill it up! 加滿！

😊 **32.find** [faɪnd] 找到、發現
◆ find的過去式是found [faʊnd]
◆ I found him at home. 我發現他在家。

😊 **33.lose** [luz] 失去、輸
◆ lose的過去式是lost [lɔst]
◆ I lost him. 我跟丟他了。
◆ You lost. 你輸了。

😊 **34.win** [wɪn] 贏

認字！
牛刀小試　唸英文並說出中文意思，對的打✓

☐28.blame	☐29.rise	☐30.set
☐31.fill	☐32.find	☐33.lose
☐34.win	☐35.fly	☐36.forget
☐37.remember	☐38.enter	☐39.join
☐40.guess		

😊 **35.fly** [flaɪ] 飛
   ◆ I fly a kite [kaɪt]. （我飛風箏。）= 我放風箏。
   ◆ I fly high [haɪ]. （我飛高高地。）= 我高興地飄飄然。

😊 **36.forget** [fəˋgɛt] 忘記
   ◆ Forget it!（忘了它）= 算了！

😊 **37.remember** [rɪˋmɛmbə] 記得
   ◆ Remember me? 記得我嗎？

😊 **38.enter** [ˋɛntə] 進入
   ◆ enter university [͵junəˋvɝsətɪ] 進大學

😊 **39.join** [dʒɔɪn] 參加、加入
   ◆ join a club [klʌb] 參加社團

😊 **40.guess** [gɛs] 猜
   ◆ Guess what?（猜什麼來著？）= 你知道嗎？
   ◆ Guess who? 猜猜我是誰？

背字！

牛刀小試 看中文唸或背或默寫英文，對的打 ✓

□28.責備　　　□29.升起　　　□30.下沈
□31.使滿　　　□32.找到、發現　□33.失去、輸
□34.贏　　　　□35.飛　　　　□36.忘記
□37.記得　　　□38.進入　　　□39.參加、加入
□40.猜

會唸
打 ✅

41.help [hɛlp] 幫助
  ◆ Help! 救命啊！
  ◆ Help yourself [jurˋsɛlf]. （幫助你自己） = 自己來、自己取用。

42.hide [haɪd] 躲藏
  ◆ seek [sik] 尋覓
  ◆ play hide-and-seek （玩躲藏和尋找） = 玩捉迷藏

43.hold [hold] 握
  ◆ Hold me! 抱我！
  ◆ Hold him! 抓住他！
  ◆ Hold on! （握在上面。）
    = 請等一下！（電話用語）

44.drop [drɑp] 掉落
  ◆ Drop it! 丟掉！
  ◆ 同義字：fall [fɔl]

45.hurt [hɝt] 受傷、痛
  ◆ Does [dʌz] it hurt? 痛不痛？（does是助動詞）
  ◆ It's hurting [ˋhɝtɪŋ] me! 好痛喔！
    （hurting是現在分詞）

認字！

牛刀小試　　唸英文並說出中文意思，對的打ˇ

□41.help	□42.hide	□43.hold
□44.drop	□45.hurt	□46.kill
□47.attack	□48.save	□49.like
□50.hate	□51.make	

46.kill [kɪl] 殺
- ◆ kill time（殺時間）＝ 消磨時間
- ◆ It's killing [ˈkɪlɪŋ] me. 痛死我了、笑死我了。
  （killing是現在分詞）

47.attack [əˈtæk] 攻擊、侵襲

48.save [sev] 救、節省、存錢
- ◆ save的過去式是saved [sevd]
- ◆ He saved my life [laɪf] . 他救了我的命。
- ◆ I save time. 我節省時間。
- ◆ I save money [ˈmʌnɪ]. 我存錢。

49.like [laɪk] 喜歡
- ◆ I like that. 我喜歡。

50.hate [het] 討厭
- ◆ I hate height [haɪt]. （我討厭高度。）＝ 我有懼高症。

51.make [mek] 製作
- ◆ make當使役動詞時，意思是「使」

背字！

牛刀小試 看中文唸或背或默寫英文，對的打ˇ

- □ 41.幫助
- □ 42.躲藏
- □ 43.握
- □ 44.掉落
- □ 45.受傷、痛
- □ 46.殺
- □ 47.攻擊、侵襲
- □ 48.救、節省、存錢
- □ 49.喜歡
- □ 50.討厭
- □ 51.製作

會唸
打☑

😊 **52.Make sense** [sɛns]！有道理！
　◆ sense知覺、知識

😊 **53.understand** [ˌʌndəˈstænd] 了解
　◆ Do you understand? 你懂嗎？

😊 **54.move** [muv] 移動
　◆ Move it! 動作快！
　◆ Move over [ˈovɚ]! 坐過去！
　◆ Get [gɛt] moving [ˈmuvɪŋ]! 走啊！（moving是現在分詞）

😊 **55.stop** [stɑp] 停止、阻止
　◆ Stop that!（停那個。）＝ 夠了！

😊 **56.send** [sɛnd] 送
　◆ Send him out! 送他出去！

😊 **57.call** [kɔl] 叫、打電話
　◆ Call me! 打電話給我！
　◆ Call the police [pəˈlis].快報警。

認字！
牛刀小試　唸英文並說出中文意思，對的打ˇ

□52.Make sense	□53.understand	□54.move
□55.stop	□56.send	□57.call
□58.set	□59.fix	□60.change
□61.repeat	□62.ask	□63.answer
□64.believe	□65.borrow	□66.lend

😊 **58.set** [sɛt] 安置
◆ Set the table ['tebl]. （安置桌子。） = 擺餐具。

😊 **59.fix** [fɪks] 固定、修理

😊 **60.change** [tʃendʒ] 改變

😊 **61.repeat** [rɪ'pit] 重複、重做
◆ Please repeat that.請再說一次。

😊 **62.ask** [æsk] 要求、詢問

😊 **63.answer** ['ænsɚ] 回答

😊 **64.believe** [bɪ'liv] 相信
◆ Believe it or not. （相信它或不。） = 信不信由你。
◆ 反義字：doubt [daʊt] 懷疑

😊 **65.borrow** ['baro] 借入的借

😊 **66.lend** [lɛnd] 借出的借
◆ Lend me your ears [ɪrz]. （借我你的耳朵。） = 請聽我說。

背字！

牛刀小試 看中文唸或背或默寫英文，對的打 ✓

☐52.有道理　　☐53.了解　　　☐54.移動
☐55.停止、阻止　☐56.送　　　　☐57.叫、打電話
☐58.安置　　　☐59.固定、修理　☐60.改變
☐61.重複、重做　☐62.要求、詢問　☐63.回答
☐64.相信　　　☐65.借入的借　　☐66.借出的借

會唸
打☑

67.build [bɪld] 建
◆ 相關字：building [ˈbɪldɪŋ] 建築物、大廈

68.break [brek] 破壞、打破
◆ break當名詞時，意思是「休息」
◆ take a break休息一下

69.burn [bɜn] 燃燒

70.cut [kʌt] 切
◆ Cut the crap [kræp].（切掉廢物。）= 少說廢話。

71.dig [dɪg] 挖

72.cover [ˈkʌvə] 遮蓋
◆ cover當名詞時，意思是「套子、封面」

73.catch [kætʃ] 捉住、趕上
◆ catch的過去式是caught [kɔt]
◆ I catch a ball.（我捉住球。）= 我接到球。
◆ I caught a cold [kold].（我接到了感冒。）
　= 我感冒了。
◆ I catch a train [tren].我趕上火車。

認字！

牛刀小試　　唸英文並說出中文意思，對的打ˇ

☐67.build	☐68.break	☐69.burn
☐70.cut	☐71.dig	☐72.cover
☐73.catch	☐74.hit	☐75.cry
☐76.laugh	☐77.hope	☐78.wish
☐79.meet	☐80.turn	☐81.pay

😊 **74.hit** [hɪt] 打中
◆ 反義字：miss [mɪs] 漏失、錯過

😊 **75.cry** [kraɪ] 哭

😊 **76.laugh** [læf] 笑
◆ 相關字：smile [smaɪl] 微笑

😊 **77.hope** [hop] 希望
◆ I hope so.但願如此。

😊 **78.wish** [wɪʃ] 希望
◆ As you wish.（如你希望。）＝遵命。

😊 **79.meet** [mit] 遇見
◆ 相關字：meeting [ˈmitɪŋ] 會議

😊 **80.turn** [tɜn] 轉
◆ 反義字：fix [fɪks] 固定、修理

😊 **81.pay** [pe] 付（款）
◆ pay the bill [bɪl] 付帳

背字！

牛刀小試 看中文唸或背或默寫英文，對的打 ✓

□67.建	□68.破壞、打破	□69.燃燒
□70.切	□71.挖	□72.遮蓋
□73.捉住、趕上	□74.打中	□75.哭
□76.笑	□77.希望	□78.希望
□79.遇見	□80.轉	□81.付（款）

會唸
打☺

☺ **82.tip** [tɪp] 小費、付小費、祕訣
◆ tip the waiter給待者小費

☺ **83.earn** [ɝn] 賺（錢）
◆ earn money賺錢

☺ **84.spend** [spɛnd] 人花多少時間或多少錢的「花」

☺ **85.cost** [kɔst] 事（或物）花人多少錢的「花」、事
（或物）要價多少錢的「要價」

☺ **86.take** [tek] 事（或物）花人多少時間的「花」

☺ **87.raise** [rez] 舉起
◆ raise your hand舉起（你的）手

☺ **88.run** [rʌn] 跑
◆ 相關字：ride [raɪd] 騎、搭

認字！
牛刀小試　唸英文並說出中文意思，對的打 ˅

☐82.tip	☐83.earn
☐84.spend	☐85.cost
☐86.take	☐87.raise
☐88.run	☐89.stand
☐90.sleep	☐91.know
☐92.wonder	☐93.work

😊 **89.stand** [stænd] 站、忍受、攤子
- ◆ can't stand不能忍受
- ◆ stand當名詞時，意思是「攤子」
- ◆ fruit [frut] stand水果攤
- ◆ 相關字：sit [sɪt] 坐

😊 **90.sleep** [slip] 睡
- ◆ 反義字：wake [wek] 醒

😊 **91.know** [no] 知道、認識

😊 **92.wonder** [ˈwʌndə] 想知道、驚訝
- ◆ no wonder（沒有任何驚訝）= 難怪
- ◆ 相關字：wonderful [ˈwʌndəfəl] 驚人的、好極了

😊 **93.work** [wɜk] 工作、（機器）運轉、（計畫）有效
- ◆ The computer dosen't work.這電腦不運轉了。
- ◆ My idea will work.我的主意（點子）有效（行得通）。

背字！

牛刀小試 看中文唸或背或默寫英文，對的打✓

□82.小費、付小費	□83.賺（錢）
□84.（人）花（時間、錢）	□85.（事物）花、要價
□86.（事物）花（人）	□87.舉起
□88.跑	□89.站、忍受
□90.睡	□91.知道、認識
□92.想知道、驚訝	□93.工作、運轉

三、動詞（用「我可以……」來記憶）

MP3 83

王老師小叮嚀

請把以下所有「◆」的句子連起來一起唸，當您唸下列的英文時，就會感覺人生是不乏味的！

會唸
打✅

😊 **1.feel** [fil] 感覺
◆ 我可以feel感覺，

😊 **2.touch** [tʌtʃ] 感動、接觸
◆ 我可以touch感動，

😊 **3.see** [si] 看
◆ 我可以see看，
◆ 同義詞：look [luk] at [æt]

😊 **4.watch** [watʃ] 觀賞
◆ 我可以watch觀賞，

😊 **5.smell** [smɛl] 聞、聞起來
◆ 我可以smell聞，
◆ smell當名詞時，意思是「氣味」

認字！
牛刀小試　唸英文並說出中文意思，對的打 ✓

☐ 1.feel　　　☐ 2.touch　　　☐ 3.see
☐ 4.watch　　☐ 5.smell　　　☐ 6.taste
☐ 7.hear　　　☐ 8.sound　　　☐ 9.imagine
☐ 10.become　☐ 11.think　　　☐ 12.know

😊 **6.taste** [test] 嚐、嚐起來
◆ 我可以taste嚐，
◆ taste當名詞時，意思是「味道」

😊 **7.hear** [hɪr] 聽
◆ 我可以hear聽，
◆ 同義詞：listen [ˈlɪsn̩] to

😊 **8.sound** [saʊnd] 發聲、聽起來
◆ 我可以sound發聲，
◆ sound當名詞時，意思是「聲音」

😊 **9.imagine** [ɪˈmædʒɪn] 想像、推測
◆ 我可以imagine想像，

😊 **10.become** [bɪˈkʌm] 變成
◆ 我可以become變成，
◆ 同義字：get [gɛt]

😊 **11.think** [θɪŋk] 想、認為
◆ 我可以think想，

😊 **12.know** [no] 知道、認識
◆ 我可以know知道，

背字！

牛刀小試 看中文唸或背或默寫英文，對的打 ✓

□1.感覺	□2.感動、接觸	□3.看
□4.觀賞	□5聞、聞起來	□6.嚐、嚐起來
□7.聽	□8.發聲、聽起來	□9.想像、推測
□10.變成	□11.想、認為	□12.知道、認識

會唸
打 ✅

😊 **13. wonder** [ˈwʌndə] 想知道
◆ 我可以wonder想知道，

😊 **14. want** [wɑnt] 想要
◆ 我可以want想要，

😊 **15. need** [nid] 需要
◆ 我可以need需要，

😊 **16. get** [gɛt] 得到
◆ 我可以get得到，

😊 **17. try** [traɪ] 嘗試
◆ 我可以try嘗試，

😊 **18. use** [juz] 使用、利用
◆ 我可以use使用，

😊 **19. enjoy** [ɪnˈdʒɔɪ] 享受、喜愛
◆ 我可以enjoy享受，

😊 **20. worry** [ˈwɝɪ] 擔心
◆ 我可以worry擔心，

認字！

牛刀小試 唸英文並說出中文意思，對的打∨

☐ 13. wonder	☐ 14. want	☐ 15. need
☐ 16. get	☐ 17. try	☐ 18. use
☐ 19. enjoy	☐ 20. worry	☐ 21. mean
☐ 22. kick	☐ 23. jump	☐ 24. knock
☐ 25. love	☐ 26. prefer	☐ 27. say

😊 **21.mean** [min] 意指
◆ 我可以mean意指,

😊 **22.kick** [kɪk] 踢
◆ 我可以kick踢,

😊 **23.jump** [dʒʌmp] 跳躍
◆ 我可以jump跳,

😊 **24.knock** [nɑk] 敲
◆ 我可以knock敲,

😊 **25.love** [lʌv] 喜愛
◆ 我可以love喜愛,

😊 **26.prefer** [prɪˈfɜ] 偏愛
◆ 我可以prefer偏愛,

😊 **27.say** [se] 說
◆ 我可以say、speak說,
◆ 同義字:speak [spik]

背字!

牛刀小試 看中文唸或背或默寫英文,對的打 ✓

□13.想知道	□14.想要	□15.需要
□16.得到	□17.嘗試	□18.使用、利用
□19.享受、喜愛	□20.擔心	□21.意指
□22.踢	□23.跳躍	□24.敲
□25.喜愛	□26.偏愛	□27.說

會唸
打✔

😊 **28.tell** [tɛl] 訴說、告訴
　◆我可以<u>tell訴說</u>，

😊 **29.talk** [tɔk] 談
　◆我可以<u>talk談</u>，
　◆相關字：chat [tʃæt] 閒談、聊天

😊 **30.miss** [mɪs] 想念（誤失、錯過）
　◆我可以<u>miss想念</u>，

😊 **31.visit** [ˈvɪzɪt] 拜訪
　◆我可以<u>visit拜訪</u>，

😊 **32.share** [ʃɛr] 分享、分擔
　◆我可以<u>share分享</u>，

😊 **33.draw** [drɔ] 畫
　◆我可以<u>draw畫畫</u>，
　◆相關字：paint [pent] 畫、油漆

😊 **34.collect** [kəˈlɛkt] 收集
　◆我可以<u>collect收集</u>光碟，

認字！
牛刀小試　唸英文並說出中文意思，對的打 ˇ

☐28.tell	☐29.talk	☐30.miss
☐31.visit	☐32.share	☐33.draw
☐34.collect	☐35.follow	☐36.sign
☐37.have a party	☐38.cross the street	
☐39.eat	☐40.smoke	☐41.concentrate

😊 **35.follow** ['falo] 追隨、跟隨
◆ 我可以follow追隨偶像，

😊 **36.sign** [saɪn] 簽字
◆ 我可以請偶像sign簽名，
◆ sign當名詞時，意思是「符號」

😊 **37.have** [hæv] **a party** ['partɪ] 舉辦派對
◆ 我可以have a party辦派對，

😊 **38.cross** [krɔs] **the street** [strit] 過街
◆ 我可以cross the street過街到麥當勞，

😊 **39.eat** [it] 吃
◆ 我可以eat、have吃漢堡，
◆ 同義字：have [hæv]

😊 **40.smoke** [smok] 抽菸
◆ 但是我no smoking不抽菸。

😊 **41.concentrate** ['kɑnsən,tret] 專心
◆ 媽媽說：只要我concentrate專心，

背字！

牛刀小試 看中文唸或背或默寫英文，對的打 ✓

□28.訴說、告訴	□29.談	□30.想念（誤失）
□31.拜訪	□32.分享、分擔	□33.畫
□34.收集	□35.追隨、跟隨	□36.簽字
□37.舉辦派對	□38.過街	
□39.吃	□40.抽菸	□41.專心

會唸
打✅

42.study [ˈstʌdɪ] **hard** [hɑrd] 努力讀書
◆ 只要我study hard努力讀書，

43.work [wɜk] **hard** 努力工作
◆ 只要我work hard努力工作，

44.belong [bəˈlɔŋ] **to** 屬於
◆ 成功和幸福將belong to me屬於我。

45.happen [ˈhæpən] 發生
◆ 但是，這世界什麼都有可能happen發生，

46.trouble [ˈtrʌbl̩] 麻煩
◆ trouble麻煩也無所不在，

47.risk [rɪsk] 危險
◆ risk危險更是處處可見，

認字！
牛刀小試　唸英文並說出中文意思，對的打✓

☐42.study hard　☐43.work hard　☐44.belong to
☐45.happen　　☐46.trouble　　☐47.risk
☐48.check　　　☐49.cheat　　　☐50.cause

😊 **48.check** [tʃɛk] 檢查、抑制
◆ 凡事要小心check檢查，

😊 **49.cheat** [tʃit] 欺騙、作弊
◆ 不要被人、事、物所cheat欺騙，

😊 **50.cause** [kɔz] 導致
◆ cause導致人生的坎坷。

背字！

牛刀小試 看中文唸或背或默寫英文，對的打 ✓

☐42.努力讀書　　☐43.努力工作　　☐44.屬於
☐45.發生　　　　☐46.麻煩　　　　☐47.危險
☐48.檢查、抑制　☐49.欺騙、作弊　☐50.導致

四、動詞（用小故事來記憶） MP3 84

> **王老師小叮嚀**
>
> 請把以下所有「◆」的句子連起來一起唸，用小
> 故事來記憶動詞！

會唸
打 ✅

😊 **1.nod** [nɑd] 點頭
　◆ 媽媽要我準備英檢，我<u>nod點頭</u>答應，

😊 **2.mind** [maɪnd] 記住、介意
　◆ 並且<u>mind記住</u>媽媽的叮嚀，

😊 **3.decide** [dɪ'saɪd] 決定
　◆ 我<u>decide決定</u>要通過考試。

😊 **4.plan** [plæn] 計畫
　◆ 我用心<u>plan計畫</u>、

😊 **5.prepare** [prɪ'pɛr] 準備
　◆ 我用心<u>prepare準備</u>、

認字！

牛刀小試　唸英文並說出中文意思，對的打✓

☐ 1.nod　　　☐ 2.mind　　　☐ 3.decide
☐ 4.plan　　　☐ 5.prepare　　☐ 6.pick
☐ 7.study　　☐ 8.read　　　☐ 9.spell
☐ 10.preview　☐ 11.review

6.pick [pɪk] 挑選
◆ 我用心pick挑選書和光碟。

7.study [stʌdɪ] 研讀
◆ 我天天study研讀、

8.read [rid] 唸
◆ 我天天read唸、

9.spell [spɛl] 拼字的拼
◆ 我天天spell拼單字，

10.preview [ˋprɪˏvju] 預習
◆ 我不斷preview預習、

11.review [rɪˋvju] 複習
◆ 我不斷review複習、

背字！
牛刀小試　看中文唸或背或默寫英文，對的打✓

□1.點頭	□2.記住、介意	□3.決定
□4.計畫	□5.準備	□6.挑選
□7.研讀	□8.唸	□9.拼字的拼
□10.預習	□11.複習	

會唸
打☑️

😊 **12. practice** [ˈpræktɪs] 練習
　◆ 我不斷practice練習、

😊 **13. exercise** [ˈɛksəˌsaɪz] 練習
　◆ 我不斷exercise練習，

😊 **14. reading** [ˈridɪŋ] 閱讀
　◆ 我看懂了reading閱讀、
　◆ 記法：read（唸）+ ing = reading

😊 **15. meaning** [ˈminɪŋ] 意義
　◆ 我了解了meaning意義、
　◆ 記法：mean（意指）+ ing = meaning

😊 **16. writing** [ˈraɪtɪŋ] 寫作
　◆ 我學會了writing寫作。
　◆ 記法：write（寫）– e + ing = writing

認字！
牛刀小試 唸英文並說出中文意思，對的打✓

☐ 12. practice	☐ 13. exercise	☐ 14. reading
☐ 15. meaning	☐ 16. writing	☐ 17. pass
☐ 18. goal	☐ 19. learning	☐ 20. develop

17.pass [pæs] 通過
◆ 我英檢終於pass<u>通過</u>，

18.goal [gol] 目標
◆ 媽媽告訴我：人生隨時要有學習的goal<u>目標</u>，

19.learning [ˋlɜnɪŋ] 學問
◆ 而一切的learning<u>學問</u>都是靠下決心苦讀得來的。
◆ 記法：learn（學習）+ ing = learning

20.develop [dɪˋvɛləp] 開發、發展
◆ 從此，我立志要develop<u>開發、發展</u>我的各種能力。

背字！
牛刀小試 看中文唸或背或默寫英文，對的打 ✓

□12.練習　　□13.練習　　□14.閱讀
□15.意義　　□16.寫作　　□17.通過
□18.目標　　□19.學問　　□20.開發、發展

五、動詞（兼具名詞功能的動詞） 😊 MP3 85

會唸打✓		英文
😊	1.	name [nem]
😊	2.	book [bʊk]
😊	3.	color [ˈkʌlə]
😊	4.	light [laɪt]
😊	5.	file [faɪl]
😊	6.	experience [ɪkˈspɪrɪəns]
😊	7.	work [wɜk]
😊	8.	form [fɔrm]
😊	9.	point [pɔɪnt]
😊	10.	drink [drɪŋk]
😊	11.	plant [plænt]
😊	12.	pay [pe]
😊	13.	note [not]
😊	14.	notice [ˈnotɪs]
😊	15.	shop [ʃɑp]

認字！

牛刀小試 唸英文並說出中文意思，對的打✓

□1.name	□2.book	□3.color
□4.light	□5.file	
□6.experience	□7.work	□8.form
□9.point	□10.drink	□11.plant
□12.pay	□13.note	□14.notice
□15.shop		

名詞意思	動詞意思
名字	命名
書	訂
顏色	染
燈光	點（燈）的點
檔案、文件夾	把……歸檔、把……合訂
經驗	體驗
作品	工作
形式	構成
點	指出
飲料	喝
植物	種（植）
薪資	付
筆記	記錄
公告欄	注意
商店	採購

背字！

牛刀小試 看中文唸或背或默寫英文，對的打∨

- □1.名字、命名
- □2.書、訂
- □3.顏色、染
- □4.燈光、點（燈）
- □5.檔案、把……歸檔
- □6.經驗、體驗
- □7.作品、工作
- □8.形式、構成
- □9.點、指出
- □10.飲料、喝
- □11.植物、種（植）
- □12.薪資、付
- □13.筆記、記錄
- □14.公告欄、注意
- □15.商店、採購

會唸打✅		英文
😊	16.	place [ples]
😊	17.	number [ˈnʌmbɚ]
😊	18.	fly [flaɪ]
😊	19.	line [laɪn]
😊	20.	dress [drɛs]
😊	21.	view [vju]
😊	22.	type [taɪp]
😊	23.	land [lænd]
😊	24.	date [det]
😊	25.	smell [smɛl]
😊	26.	taste [test]

認字！
牛刀小試 唸英文並說出中文意思，對的打 ✓

□16.place	□17.number	□18.fly
□19.line	□20.dress	□21.view
□22.type	□23.land	□24.date
□25.smell	□26.taste	

名詞意思	動詞意思
地方	安置
數字、編號	標號
蒼蠅	飛
線	排（隊）
服裝、洋裝	穿
景觀	觀察
類型	打字
土地	登陸、降落
日期	約會、約
氣味	聞
味道	嚐

背字！

牛刀小試 看中文唸或背或默寫英文，對的打 ✓

☐16.地方、安置　☐17.數字、標號　☐18.蒼蠅、飛
☐19.線、排（隊）　☐20.服裝、穿　☐21.景觀、觀察
☐22.類型、打字　☐23.土地、登陸　☐24.日期、約會
☐25.氣味、聞　☐26.味道、嚐

王老師英語教室

連綴動詞

1. 連綴動詞的特性：連綴動詞後面常接形容詞「……的」來當補語（補充的字），例如：

   You look happy.
   （你看起來快樂的。）＝你看起來很快樂。

2. 常見的連綴動詞：
   （1）**look** [luk] 看起來
   （2）**smell** [smɛl] 聞起來
   （3）**taste** [test] 嚐起來
   （4）**sound** [saund] 聽起來
   （5）**feel** [fil] 感覺
   （6）**get** [gɛt] 變得、得到（get意思是「變得」時，才是連綴動詞）
   （7）**become** [bɪˋkʌm] 變成
   （8）**seem** [sim] 似乎
   （9）**appear** [əˋpɪr] 似乎、出現（appear意思是「似乎」時，才是連綴動詞）

王老師英語教室

使役動詞

1. 使役動詞就是叫人家做什麼的動詞。

2. 使役動詞後面若接動詞時，這個動詞前面的不定詞
   to要省略。

3. 使役動詞make和have後面也常接其他詞類，表達
   其他的意思，不是一定要接動詞。

4. 常見的使役動詞：
   （1）**let** [lɛt] 讓
   （2）**make** [mek] 使、叫（make常譯成「製
        作」，但當使役動詞時，意思是「使、叫」）
   （3）**have** [hæv] 使、叫（have常譯成「有、吃、
        舉辦」，但當使役動詞時，意思是「使、
        叫」）

5. 使役動詞例句：
   （1）**let him go** 讓他走（不是let him to go）
   （2）**make him clean the desk** 叫他清理桌
        子（不是「make him to clean the desk」）
   （3）**have him stop the car** 叫他停車（不是
        「have him to stop the car」）

（4）**make him happy**（使他快樂的）= 使他
快樂

make當使役動詞時，後面也可接形容詞happy
（快樂的）當補語

（5）**have the car repaired** [rɪˈpɛrd]（使這車
被修理）= 修這車

have當使役動詞時，後面也可接過去分詞
repaired（被修理）當補語

（6）**make him a happy person** [ˈpɝsn̩] 使他
成為一個快樂的人

make後面也可接一個名詞區a happy person
（一位快樂的人）當補語

※以上（4）、（5）、（6）三句中的使役動詞make
及have，文法上又特稱之為「不完全及物動詞」。
不完全及物動詞表示有受詞，所以是「及物動
詞」；要有補語，意思才完全，否則不完全，人家
聽不懂，所以是「不完全」，合起來叫做「不完全
及物動詞」。

6.特別說明：**help** [hɛlp] 幫助
（1）help後面接動詞時，可以加不定詞to，也可以
省略to。
（2）**help him to do it = help him do it**
幫他做它

王老師英語教室

感官動詞

1. 感官動詞就是看、聽、感覺、注意……的動詞。

2. 一般而言，動詞後面若有另一個動詞，這個動詞前面要加不定詞to，我們以toV來代表。但是感官動詞後面有另一個動作時，下列三種情形都可以：
   （1）可接toV，但to要省略，V要用原形。
   （2）也可接現在分詞（以Ving代表）。
   （3）也可以接過去分詞（p.p.）。

3. 感官動詞的例句：
   （1）**I see a dog**（to省略）**run**（原形）.
       我看到一隻狗跑。
   （2）**I see a dog running**（現在分詞）.
       我看到一隻狗在跑。
   （3）**I see him punished**（過去分詞）.
       我看到他被處罰。

4. 常見的感官動詞
   （1）**see** [si] 看
   （2）**watch** [watʃ] 觀看
   （3）**look at** 看、注視
   （4）**hear** [hɪr] 聽
   （5）**listen** [ˈlɪsn̩] **to** 聽
   （6）**notice** [ˈnotɪs] 注意
   （7）**feel** [fil] 感覺

NOTE

附　錄

一、個性動詞1

（一）有些動詞後面若有接動詞時，要注意：
　　1.可接toV（也就是接不定詞to，再接動詞原
　　　形）。
　　2.也可接動名詞（Ving）當受詞，動名詞是代
　　　表一件事。

（二）例句：
　　1.I hate to run.
　　　（我討厭（去）跑。）
　　　其中run是原形，是一個動作。
　　2.I hate running.
　　　（我討厭跑（這件事）。）
　　　其中running是動名詞，代表一件事。

（三）這些常見的動詞是：
　　1.hate [het] 討厭、恨
　　2.love [lʌv] 喜愛
　　3.like [laɪk] 喜歡
　　4.begin [bɪˊgɪn] 開始
　　5.start [start] 開始

二、個性動詞2

（一）這些動詞後面若有接動詞時，要注意：
　　1.能接toV。接to V表示後面的動作還沒做，
　　　要去做。
　　2.也能接動名詞（Ving）當受詞。接Ving表示
　　　後面的動作已做過。
　　　但是以上二種接法，意思很不同！

（二）例句：
　　I stop to run.
　　（我停下（手邊工作），要去跑。）
　　I stop running.
　　（我停止跑。我已跑過。）

（三）這些常見的動詞是：
　　1.**stop** [stɑp] 停止
　　2.**forget** [fəˈgɛt] 忘記
　　3.**remember** [rɪˈmɛmbə] 記得
　　4.**try** [traɪ] 嘗試

三、個性動詞3

（一）有些動詞後面若有接動詞時，要注意：
　　　1.不能接toV。
　　　2.只能接動名詞或現在分詞（Ving）。

（二）例子：
　　　I practice running.
　　　（我練習跑。）
　　　不能講I practice to run.

（三）這些常見的動詞是：
　　　1.**practice** [ˈpræktɪs] 練習
　　　2.**finish** [ˈfɪnɪʃ] 完成
　　　3.**mind** [maɪnd] 介意
　　　4.**keep** [kip] 保持
　　　5.**enjoy** [ɪnˈdʒɔɪ] 享受、喜愛
　　　6.**find** [faɪnd] 發現
　　　7.**spend** [spɛnd]
　　　　人花多少時間或多少錢的「花」
　　　8.**be (am、are、is) busy** 忙於
　　　9.**have trouble** [ˈtrʌbl]
　　　　有麻煩於、受困於、做不了

四、動詞三態（規則型）😊 MP3 86

（一）規則型：過去式和過去分詞的字尾都是ed。

（二）規則型的動詞及三態：

	原形	過去式	過去分詞	中文意思
1.	play [ple]	played [pled]	played	玩、打（球）、彈（琴）
2.	work [wɜk]	worked [wɜkt]	worked	工作、操作
3.	want [wɑnt]	wanted [ˈwɑntɪd]	wanted	想要
4.	end [ɛnd]	ended [ˈɛndɪd]	ended	結束
5.	like [laɪk]	liked [laɪkt]	liked	喜歡
6.	cry [kraɪ]	cried [kraɪd]	cried	哭

五、動詞三態（不規則之AAA型，三態都相同） 😊 MP3 87

（一）不規則之AAA型：
1.此類型之動詞，三態都相同。
2.此類型動詞的三態很好記，只需快唸即可記熟。

（二）不規則之AAA型的動詞及三態：

	原形	過去式
1.	hit [hɪt]	hit
2.	shut [ʃʌt]	shut
3.	cut [kʌt]	cut
4.	cost [kɔst]	cost
5.	put [pʊt]	put
6.	hurt [hɝt]	hurt
7.	let [lɛt]	let
8.	read [rid]	※read [rɛd]

標註※的部分，要特別注意發音。

過去分詞	中文意思
hit	打
shut	關上
cut	切
cost	事（或物）花人多少錢的「花」、事（或物）要價多少錢的「要價」
put	放
hurt	受傷
let	讓
read [rɛd]	唸

六、動詞三態（不規則之ABB型，
過去式和過去分詞相同）😊 MP3 88

（一）不規則之ABB型：
 1.此類型之動詞，過去式和過去分詞字尾都會變成d或t。
 2.此類型之動詞，過去式和過去分詞相同。
 3.此類型動詞的三態很好記，只需快唸即可記熟。

（二）不規則之ABB型的動詞及三態：

	原形	過去式
1.	bring [brɪŋ]	brought [brɔt]
2.	buy [baɪ]	bought [bɔt]
3.	think [θɪŋk]	thought [θɔt]
4.	catch [kætʃ]	caught [kɔt]
5.	teach [titʃ]	taught [tɔt]
6.	sit [sɪt]	sat [sæt]
7.	meet [mit]	met [mɛt]
8.	send [sɛnd]	sent [sɛnt]
9.	build [bɪld]	built [bɪlt]
10.	spend [spɛnd]	spent [spɛnt]
11.	lend [lɛnd]	lent [lɛnt]
12.	lose [luz]	lost [lɔst]
13.	hear [hɪr]	※heard [hɝd]
14.	have [hæv]	had [hæd]
15.	say [se]	said [sɛd]
16.	pay [pe]	paid [ped]

過去分詞	中文意思
brought	帶
bought	買
thought	想、認為
caught	捉住、趕上
taught	教
sat	坐
met	遇見
sent	送
built	建
spent	人花多少時間或多少錢的「花」
lent	借出的借
lost	輸掉
heard	聽、聽見
had	有、吃、舉辦
said	說
paid	付

	原形	過去式
17.	lay [le]	laid [led]
18.	tell [tɛl]	told [told]
19.	sell [sɛl]	sold [sold]
20.	make [mek]	made [med]
21.	feel [fil]	felt [fɛlt]
22.	keep [kip]	kept [kɛpt]
23.	sleep [slip]	slept [slɛpt]
24.	leave [liv]	left [lɛft]
25.	spell [spɛl]	spelt [spɛlt] spelled [spɛld]
26.	smell [smɛl]	smelt [smɛlt] smelled [smɛld]
27.	burn [bɝn]	burnt [bɝnt] burned [bɝnd]
28.	dream [drim]	dreamt [drɛmt] dreamed [drimd]
29.	mean [min]	※ meant [mɛnt]

標註※的部分，要特別注意發音。

過去分詞	中文意思
laid	放置
told	告訴
sold	賣
made	製作、使
felt	感覺
kept	保持、繼續
slept	睡覺
left	離開
spelt spelled	拼字的拼
smelt smelled	聞、聞起來
burnt burned	燃燒
dreamt dreamed	做夢
meant	意指

七、動詞三態（不規則之ABB型，
過去式和過去分詞相同）😊MP3 89

（一）不規則之ABB型：
　　1.此類型之動詞，過去式和過去分詞相同。
　　2.此類型之動詞，須注意中間字母的變化。
　　3.此類型動詞的三態很好記，只需快唸即可記
　　　熟。

（二）不規則之ABB型的動詞及三態：

	原形	過去式	過去分詞	中文意思
1.	dig [dɪg]	dug [dʌg]	dug	挖
2.	hold	held [hɛld]	held	握住
3.	stand [stænd]	stood [stud]	stood	站
4.	find [faɪnd]	found [faʊnd]	found	找到、發現
5.	get [gɛt]	got [gat]	got	得、變得
6.	forget [fə'gɛt]	forgot [fə'gat]	forgot	忘記
7.	shoot [ʃut]	shot [ʃat]	shot	射
8.	win [wɪn]	won [wʌn]	won	贏
9.	shine [ʃaɪn]	shone [ʃon]	shone	照耀、發亮

標註※的部分，要特別注意發音。

八、動詞三態（不規則之ABA型，原形和過去分詞相同）😊 MP3 90

（一）不規則之ABA型：
　　　1.此類型之動詞，原形和過去分詞相同。
　　　2.此類型動詞的三態很好記，只需快唸即可記熟。

（二）不規則之ABA型的動詞及三態：

	原形	過去式	過去分詞	中文意思
1.	come [kʌm]	came [kem]	come	來
2.	become [bɪˈkʌm]	became [bɪˈkem]	become	變成
3.	run [rʌn]	ran [ræn]	run	跑

九、動詞三態（不規則之ABC型，三態都不相同）😊MP3 91

（一）不規則之ABC型：
　　1.此類型之動詞，三態都不相同。
　　2.此類型之動詞，過去分詞字尾常有n或ng
　　　（發 [n] 或 [ŋ] 的尾音）。
　　3.此類型動詞的三態很好記，只需快唸即可記熟。

（二）不規則之ABC型的動詞及三態：

	原形	過去式
1.	speak [spik]	spoke [spok]
2.	break [brek]	broke [brok]
3.	bear [bɛr]	bore [bor]
4.	wear [wɛr]	wore [wor]
5.	write [raɪt]	wrote [rot]
6.	ride [raɪd]	rode [rod]
7.	rise [raɪz]	rose [roz]
8.	drive [draɪv]	drove [drov]
9.	wake [wek]	woke [wok] waked [wekt]
10.	get [gɛt]	got [gɑt] got
11.	forget [fəˈgɛt]	forgot [fəˈgɑt] forgot
12.	give [gɪv]	gave [gev]
13.	eat [it]	ate [et]

過去分詞	中文意思
spoken ['spokən]	說
broken ['brokən]	打破
born [bɔrn]	出生
worn [worn]	穿、戴
written ['rɪtn̩]	寫
ridden ['rɪdn̩]	騎
risen ['rɪzn̩]	升起
driven※ ['drɪvən]	駕駛
woken ['wokən] waked	醒、醒來 ※亦可用ABB型
gotten ['gatn̩] got	得到、變成 ※亦可用ABB型
forgotten [fə'gatən] forgot	忘記 ※亦可用ABB型
given ['gɪvən]	給
eaten ['itn̩]	吃

	原形	過去式
14.	hide [haɪd]	hid [hɪd]
15.	bite [baɪt]	bit [ˈbɪt]
16.	fall [fɔl]	fell [fɛl]
17.	see [si]	saw [sɔ]
18.	be [bɪ]	was、were
19.	go [go]	went [wɛnt]
20.	do [du]	did [dɪd]
21.	take [tek]	took [tʊk]
22.	show [ʃo]	showed [ʃod] showed
23.	lie [laɪ]	lay [le]
24.	lie [laɪ]	lied [laɪd]
25.	ring [rɪŋ]	rang [ræŋ]
26.	drink [drɪŋk]	drank [dræŋk]
27.	sing [sɪŋ]	sang [sæŋ]
28.	swim [swɪm]	swam [swæm]

標註※的部分，要特別注意發音

過去分詞	中文意思
hidden [ˈhɪdn̩]	躲藏
bitten [ˈbɪtn̩]	咬
fallen [ˈfɔlən]	掉落
seen [sin]	看見
been [bɪn]	是
gone [gɔn]	去
done [dʌn]	做、助動詞
taken [ˈtekən]	帶走
shown [ʃon] showed	秀、展示 ※亦可用ABB型
lain [len]	躺
lied [laɪd]	說謊
rung [rʌŋ]	響
drunk [drʌŋk]	喝
sung [sʌŋ]	唱
swum [swʌm]	游泳

十、動詞時態

（一）動詞時態的「時」與「態」：
　　1.動詞時態的「時」是指動作發生的時空，
　　　共有（1）現在（2）過去（3）未來三種時
　　　空。
　　2.動詞時態的「態」是指動作的方式，共有
　　　（1）簡單式（2）進行式（3）完成式（4）
　　　完成進行式等四種方式。
　　3.三種時空，各有四種動作方式，所以共有
　　　十二種時態。
　　4.本單元省略簡單式的現在、過去、未來三種
　　　時態，只介紹其餘九種時態。

（二）動詞的九種時態：
　　1.**進行式**（正在……、正……著、即將……）
　　　的動作，是由**be**系列（am、are、is、
　　　was、were）和**Ving**（現在分詞）組成。
　　　（1）現在進行式（am、are、is）Ving表示
　　　　　「現在某時空」正在……。
　　　（2）過去進行式（was、were）Ving表示
　　　　　「過去某時空」正在……。
　　　（3）未來進行式shall be Ving、will be Ving
　　　　　表示「未來時空」將在……。

　　2.**完成式**（曾經……、已經……、一直……）
　　　的動作，是由**have**系列（have、has、
　　　had）和**p.p.**（過去分詞）組成。
　　　（1）現在完成式（have、has）p.p.表示
　　　　　「現在某時空」曾經……、已經……、
　　　　　一直……。

（2）過去完成式had p.p.表示「過去某時空」
　　　曾經……、已經……、一直……。
（3）未來完成式shall have p.p.、will have
　　　p.p.表示「未來某時空」將已經……。

3.完成進行式（已在……、一直在……）的動
　作，是由have been系列和Ving（現在分
　詞）組成
（1）現在完成進行式have been Ving、
　　　has been Ving表示「現在某時空」已
　　　在……、一直在……。
（2）過去完成進行式had been Ving表
　　　示「過去某時空」已在……、一直
　　　在……。
（3）未來完成進行式shall（或will）have
　　　been Ving表示「未來某時空」將已
　　　在……、將一直在……。
完成進行式（已在……）的快速判斷法：
（以現在完成進行式為例）

代表完成

have　been　Ving

代表進行

十一、動詞被動式

（一）動詞被動式的「時空」與「動作方式」：

1.被動式也是一種動作，動作也共有（1）現在（2）過去（3）未來三種時空。

2.動作的方式共有（1）簡單式（2）進行式（3）完成式三種方式（沒有完成進行式）。

3.三種時空，各有三種動作方式，本來有九種被動式，但未來進行式沒有被動式，所以只有八種被動式。

（二）動詞的八種被動式：

1.**簡單式被動**（被……）由**be**系列（am、are、is、was、were…）和**p.p.**（過去分詞）組成。

（1）現在簡單式被動（am、are、is）p.p. 表示「現在某時空」被……。

（2）過去簡單式被動（was、were）p.p.表示「過去某時空」被……。

（3）未來簡單式被動shall be p.p.、will be p.p.表示「未來某時空」將被……。

2.**進行式被動**（正被……）由**be**系列＋**being＋p.p.**（過去分詞）組成。

（1）現在進行式被動（am、are、is）being p.p.表示「現在某時空」正被……。

（2）過去進行式被動（was、were）being p.p.表示「過去某時空」正被……。

（3）未來進行式沒有被動。

進行式被動（正被……）快速判斷法：

（以現在進行式被動為例）

代表進行

| am | be|ing | p.p. |

　　　　代表被動

3.完成式被動（已被……）由have been
系列和p.p.（過去分詞）組成

（1）現在完成式被動have been p.p.、
has been p.p.表示「現在某時空」已
被……。

（2）過去完成式被動had been p.p.表示「過
去某時空」已被……。

（3）未來完成式被動shall（或will）have
been p.p.表示「未來某時空」將已
被……。

完成式被動（已被……）快速判斷法：

（以現在完成式被動為例）

代表完成

| have | be|en | p.p. |

　　　　代表被動

十二、動詞的「過去分詞」和 「現在分詞」的常見用法

（一）動詞原形＋ing（以Ving代表）有二種稱呼，一
叫現在分詞，二叫動名詞。動名詞就是名詞，
只是有動作味道的名詞，既然是名詞，就可當
主詞、受詞或補語。

1. **Playing basketball is good.**
　　　打籃球
（＝打籃球是好的。）
句中，playing是play的動名詞。playing
basketball是動名詞片語，在句中當主詞。

2. **I am playing basketball.**
　　　正在打
（＝我正在打籃球。）
此句中，playing是play的現在分詞，和前面的
be動詞「am」形成「進行式」的動作方式。
這是現在分詞的第一種用法。

3. **The sleeping boy is Tom.**
　　　　正在睡覺的
（＝那正在睡覺的男孩是Tom。）
此句中，sleeping是sleep的現在分詞，在此
是當「新型」形容詞，補傳統形容詞的不足。
因為傳統形容詞沒有表達「正在睡覺的」的形
容詞。這是現在分詞的第二種用法。

4. **English is spoken in America.**
　　　　　　被說
（＝英文被說在美國。＝在美國，人們說英
文。）

此句中，spoken是speak的過去分詞，和前面
的be動詞「is」形成「被動式」的動作方式。
這是過去分詞的第一種用法。

5. **He was gone.**
　　　　已走了
（＝他不見了。）
此句中，gone是go的過去分詞，在此是當
「新型」形容詞，補傳統形容詞的不足，
因為傳統形容詞沒有表達「已走了」的形
容詞。這是過去分詞的第二種用法。

6. 感受型動詞的「過去分詞」和「現在分詞」
除了可以當新型形容詞，特別常用來表示
「感受」：

（1）過去分詞常譯成「感到……的」，
　　　此時主詞常是「人」，因為只有
　　　「人」會「感到……的」。例如：
　　　She is interested in English.
　　　（她是感到興趣的於英語。）＝ 她對
　　　英語感到興趣。

（2）現在分詞常譯成「令人感到……的」，
　　　此時主詞較常是「事或物」，因為
　　　「事或物」較常「令人……的」或
　　　「令人感到……的」，例如：
　　　The movie is interesting.
　　　（這電影是令人感到有趣的。）＝ 這電
　　　影很有趣。

（二）常見感受型動詞：

1.**tire** [taɪr] 使疲倦、使厭煩
（1）過去分詞：tire + d = tired [taɪrd] 感到疲倦的、感到厭煩的
（2）現在分詞：tire – e + ing = tiring [ˈtaɪrɪŋ] 令人感到疲倦的

2.**bore** [bor] 使厭煩
（1）過去分詞：bore + d = bored [bord] 感到厭煩的
（2）現在分詞：bore – e + ing = boring [ˈborɪŋ] 令人感到厭煩的

3.**shock** [ʃɑk] 使震驚
（1）過去分詞：shock + ed = shocked [ʃɑkt] 感到震驚的
（2）現在分詞：shock + ing = shocking [ˈʃɑkɪŋ] 令人感到震驚的

4.**excite** [ɪkˈsaɪt] 刺激、使興奮
（1）過去分詞：excite + d = excited [ɪkˈsaɪtɪd] 感到興奮的
（2）現在分詞：excite – e + ing = exciting [ɪkˈsaɪtɪŋ] 令人感到興奮的

5.**worry** [ˈwɝɪ] 擔憂、使煩惱
 （1）過去分詞：worry – y + ied = worried
   [ˈwɝɪd] 感到擔憂的
 （2）現在分詞：worry + ing = worrying
   [ˈwɝɪɪŋ] 令人感到擔憂的

6.**surprise** [səˈpraɪz] 驚訝、使驚奇
 （1）過去分詞：surprise + d = surprised
   [səˈpraɪzd] 感到驚訝的
 （2）現在分詞：surprise – e + ing =
   surprising [səˈpraɪzɪŋ] 令人感到驚訝的

7.**interest** [ˈɪntərɪst] / [ˈɪntrɪst] 使感興趣
 （1）過去分詞：interest + ed = interested
   [ˈɪntərɪstɪd] 感到興趣的
 （2）現在分詞：interest + ing = interesting
   [ˈɪntərɪstɪŋ] 令人感到有趣的

8.**satisfy** [ˈsætɪsˌfaɪ] 使滿意
 （1）過去分詞：satisfy – y + ied = satisfied
   [ˈsætɪsˌfaɪd] 感到滿意的
 （2）現在分詞：satisfy + ing = satisfying
   [ˈsætɪsˌfaɪɪŋ] 令人感到滿意的

9.trouble [ˋtrʌb!] 煩惱、使煩惱
　（1）過去分詞：trouble + d = troubled
　　　 [ˋtrʌb!d] 感到煩惱的
　（2）現在分詞：trouble – e + ing =
　　　 troubling [ˋtrʌblɪŋ] 令人感到煩惱的

10.confuse [kənˋfjuz] 使混亂、使困惑
　（1）過去分詞：confuse + d = confused
　　　 [kənˋfjuzd] 感到困惑的
　（2）現在分詞：confuse – e + ing =
　　　 confusing [kənˋfjuzɪŋ] 令人感到困惑的

11.amaze [əˋmez] 使吃驚
　（1）過去分詞：amaze + d = amazed
　　　 [əˋmezd] 感到驚奇的
　（2）現在分詞：amaze – e + ing =
　　　 amazing [əˋmezɪŋ] 令人感到驚奇的

12.depress [dɪˋprɛs] 使沮喪、壓下
　（1）過去分詞：depress + ed = depressed
　　　 [dɪˋprɛst] 感到沮喪的
　（2）現在分詞：depress + ing = depressing
　　　 [dɪˋprɛsɪŋ] 令人感到沮喪的

國家圖書館出版品預行編目資料

基礎英語必修　1200單字速成　全新修訂版 / 王忠義著
--修訂初版--臺北市：瑞蘭國際, 2019.05
384面；10.4 x 16.2公分 --（隨身外語系列；62）
ISBN：978-957-8431-98-0（平裝附光碟片）
1.英語 2.詞彙

805.12   108005665

隨身外語系列62

基礎英語必修
1200單字速成 全新修訂版

作者｜王忠義・責任編輯｜王愿琦、林珊玉・校對｜王忠義、林珊玉、王愿琦

英語錄音｜柏心妮、王忠義・錄音室｜純粹錄音後製有限公司
封面、版型設計、內文排版｜余佳憓

瑞蘭國際出版

董事長｜張暖彗・社長兼總編輯｜王愿琦
編輯部
副總編輯｜葉仲芸・副主編｜潘治婷・文字編輯｜林珊玉、鄧元婷
特約文字編輯｜楊嘉怡・設計部主任｜余佳憓・美術編輯｜陳如琪
業務部
副理｜楊米琪・組長｜林湲洵・專員｜張毓庭
出版社｜瑞蘭國際有限公司・地址｜台北市大安區安和路一段104號7樓之1
電話｜(02)2700-4625・傳真｜(02)2700-4622・訂購專線｜(02)2700-4625
劃撥帳號｜19914152 瑞蘭國際有限公司
瑞蘭國際網路書城｜www.genki-japan.com.tw

法律顧問｜海灣國際法律事務所　呂錦峯律師

總經銷｜聯合發行股份有限公司・電話｜(02)2917-8022、2917-8042
傳真｜(02)2915-6275、2915-7212・印刷｜科億印刷股份有限公司
出版日期｜2019年05月初版1刷・定價｜300元・ISBN｜978-957-8431-98-0